characters
「我是即將拯救世界的救世主。」
有奕巳
年齡：15
衝動好勝
味莽撞，
以赴，一
U0000333
CHIEF PROSECUTOR OF THE GALAXY

characters
「你做得很好。（僅限有奕巳專用）」
慕梵
年齡：200↑
身分：王位繼承人
認定的目標決定不會放棄，認定的人絕對不會放手。
CHIEF PROSECUTOR OF THE GALAXY

GOBOOKS
& SITAK
GROUP©

GOBOOKS
& SITAK
GROUP©

三日月書版

三日月書版

星際首席
検察官
author. YY的劣跡
illust. あさ
I
Chief
Prosecutor
of the Galaxy
輕世代 BL034
三日月書版

Chief Prosecutor of the Galaxy
星際首席
検察官
author. YY的劣跡 illust. あさ

Contents

第一章 潛龍在淵（一）

紫微星的七月，正是陽光最猛烈的季節。

一點五億公里外，恆星散發出的熾烈熱度橫跨宇宙、穿透大氣層，似乎要蒸發盡這顆星球上最後一滴水。因為不堪酷熱，紫微星上最大的水系種族嘟嘟星人也都回家休息了，有奕巳也因此兩週沒吃到他最愛的嘟嘟星特色烤魚。

有點不開心。

今天恰逢初級教育學校的畢業典禮。鄰居元壯壯拿到了優秀畢業生獎狀，院長還稱讚他的獨特異能可使他成為一名出色的星際挖掘工，因此鼓勵他報考藍星技術學院。

一向自命不凡的有奕巳卻沒拿到任何獎狀。

更不開心。

有奕巳踢飛了路邊一顆碎石，覺得自己的鬱悶已經快溢成一片汪洋。而最讓他苦悶的是，在這個幾乎全民掌握異能的時代，偏偏就只有他是——

「有奕巳，等等我！」

只見元壯壯氣喘吁吁地追上前，抱怨道：「你怎麼先走了？大家都在等你參加畢業聚會呢。走，我們去星港餐廳，那裡的嘟嘟星人還沒有撤走，大家知道你這幾天心情不好，特地幫你點了烤魚喔！」

有奕巳正為自己未來的出路煩惱著，看著眼前毫不擔心自己未來的傢伙，心裡的鬱悶累積到了最高點。

這些單純而幸福的人，就只覺得自己是因為吃不到烤魚而心情低落嗎？

他嘆了口氣，拍著壯壯的肩膀道：「大壯，不是我不想去，而是……」

有奕巳話說到一半，抬起四十五度角望著天空，給元壯壯留下一個憂鬱的側臉，實際上他正在偷數著雲。

而善解人意的元壯壯已經替他腦補完後面，「是……你爺爺又催你去幫忙了？」

有奕巳家裡條件不好，全靠他爺爺在星港邊看門過活，因此有時他也會去幫忙。幸好星球的基礎教育學校是免費的，否則他連讀書的錢都沒有。

對此問題，有奕巳回以一言難盡的眼神。

元壯壯支吾道：「可這是畢業聚餐啊，以後大家都去了別的星系，再見面就難了。」

「難道你們放假的時候不會回來嗎?等你們休假，我一定會第一時間去找你們玩。」有奕巳露出一個勉強的笑容，「反正以我的資質，也去不了別的地方。」

元壯壯還想再說什麼，「那你……」

沒等他說完，有奕巳揮了揮手，故作瀟灑道：「我就老老實實地在紫微星等著接我爺爺的班囉，今天我就不去聚會了，替我向他們問好！」

元壯壯只好目送著有奕巳憂愁的背影離開。許久，他長嘆一口氣，「唉……為什麼有奕巳的異能只有零級呢？」

是啊，為什麼有奕巳的異能只有零級呢？

這是十五年前，有奕巳穿越為嬰兒後最想弄明白的事。

身為一個西元二十一世紀的大學生，有奕巳有能力有動力，每天都在為自己的未來努力。他考了各種證照，報了各種補習班，準備趁就職時完成人生理想。

沒想到下一刻，他就來到了這個人生地不熟的世界。

有奕巳毫無預兆地從一個二十歲出頭的年輕人，變成銀河第七共和國邊緣星系邊境星球上的棄嬰，被擔任星港看守員的老人撿回去養大。

在他曲折的嬰兒歲月中，他好不容易適應了光怪陸離的新世界規則，命運卻又無情地給了他一巴掌。

這個星際時代，人類基因經過再三異變，如今已到了全民皆有異能的時期。飛天遁地、徒手爆機甲，只要你實力夠，就可以用異能做到任何事。

哪怕是普通人，也可以利用異能增強自己的肉體和精神，再不然也能像元壯壯一樣，成為一名光榮的星際挖掘工，在荒野的邊際星系為共和國開拓未知星域。

而他，有奕巳，一個穿越重生、帶著成年人的智慧再活一世的有為青年，本該搶得先機，在星際時代大放異彩。

他卻做不到。

因為他的異能是零級。

異能為零級，代表他連隔空掰彎一根湯匙都辦不到！

在這個以異能為尊的星際世界，有奕巳徹底輸在了起跑線上。十五年來，他每天都必須面對這冷酷的現實，然後告訴自己別做夢了，即便穿越重生，自己依舊不是主角的命。

今天是基礎學校的畢業日，按理說學生會根據自己異能的方向，被推薦去不同的高級院校繼續進修。

然而，有奕巳沒有收到任何通知。畢竟沒有一家學院會招收只能靠蠻力掰彎湯匙的零級異能者。

他只能像爺爺一樣，終身守在這顆偏遠的星球上，做一個星港看門人。

可是他甘心嗎？

「不甘心有用嗎？」

有奕巳對自己冷笑一聲，揉了揉麻木的臉，伸手推開家門。

「老頭子？」有奕巳詫異，「你怎麼在家裡，這個時間不是該去上班嗎？」

屋內正在搬東西的老人白了他一眼，「叫爺爺！沒大沒小的！你……咳咳……」

剛想罵幾句，老人卻劇烈咳嗽起來。

有奕巳連忙接過他手裡的東西，「都年紀這麼大了幹嘛還親自動手？你以為自己還是年輕體壯有異能的青年嗎？」

他看向爺爺搬過來的黑箱子，陳舊古樸還重得很，是他從來沒見過的東西。

老人咳嗽著笑了兩聲，看著有奕巳。「我現在是沒異能，可我年輕時好歹參過軍，不至於連這點東西都扛不動。」

「算了吧你！」有奕巳幫他放下東西，無奈地道，「你和我一樣一點異能都沒有，軍隊會要你？對了，你搬這些東西回來做什麼？」

老人笑而不語，看著他，「世上總有你想不到的事發生。小奕，別太小看自己。」

「是是，我相信自己是被埋沒的金子，遲早有一天會發光發熱。」有奕巳敷衍著老人，幫他把黑箱子整理好。

老人看著他，搖頭嘆了口氣。

「本來不想告訴你的，不過都到這個時候了……這箱子裡的東西你拿去吧，都是你父母的遺物。」

「原來是我父母的……你說什麼？」聞言，手上的東西差點砸到腳上，有奕巳瞪大眼，「我不是你撿回來的孤兒嗎，哪來的父母？還有遺物是什麼意思？」他深吸一口氣，「不要告訴我其實我不是什麼孤兒，其實我的親生父母含冤去世，而你是他們的好朋友。你之所以隱居在這顆星球裡，就是為了等我長大後回去報仇……」

大。

說話間，有奕巳已經腦補出完整的劇情了。

老人欣慰地看著他，「原來你都猜到了，那我就不用解釋了。」

當然要解釋！猜到什麼鬼？他是隨便猜的，能當真嗎！有奕巳簡直一個頭兩個大。

「今天是愚人節？」

「還是你氣我昨天拔了你的花？」

「還是我……」

看著一向沉穩的少年暴躁得快要精神分裂，老人嘆了口氣，「坐下，我慢慢跟你說。不過我提醒你，你最好有心裡準備。」

「我準備好了。」有奕巳深呼吸，在他旁邊坐下，「你說吧。」

十分鐘後，有奕巳總算是聽完了老人講的故事。

原來他並不是老人隨便撿回來的孤兒，而是故人之子。十五年前，有奕巳的親生父母在追擊逃犯中意外身亡，由於沒有別的親人，便由老人出面領養。

「當時你的處境很危險，父母雙亡，很多人對你們家虎視眈眈。所以我不得不遷居到這裡，避人耳目把你養大。」老人緩緩道。

有奕巳眼前一亮，「這麼看來，其實我本來是個富二代？」

老人呵呵一笑，「那也要你有命去享。」

「我父母究竟是什麼職業?難道和你一樣是軍人?」

老人搖了搖頭,「我可比不上他們。至於他們的職業,對你來說,現在那些都還太遙遠。」

「那意外身亡是怎麼回事?」有奕巳問,「世界上哪有這麼多意外?你告訴我,他們究竟是怎麼死的?」

老人沉默了片刻,沒有回答。

「算了,你不說我遲早也會知道。這些是遺物吧?」有奕巳去打開那些陳舊的箱子,「我就不信,這裡面一點線索都沒有。」

「等等——!」

他嘩啦一聲打開箱子,還沒等得及老人阻止,箱子裡的東西就被他翻倒在地,下一瞬間化為飛灰。

「你這個蠢貨!」老人氣得跳腳,「這些都是需要特殊保存的珍品,你直接打開箱子,一秒鐘就化成灰了!你這個敗家子、孽障、白痴!」

顧不得老人在旁邊罵,有奕巳站在一片灰燼中傻傻地發呆。

剛才那些好像是古書?真真切切的紙質書?在星際時代一本可以換一億元的原裝紙書?他一不小心,就把價比星球的一箱古書弄成灰了?

「你為什麼不提醒我!」

「誰知道你動作這麼快！」

「這麼寶貴的東西，為什麼用這麼爛的箱子裝著？」

「什麼爛箱子！這可是最堅固的合金製成的基因密碼箱，沒有原主人設定的基因，用星艦轟也打不開！」

有奕巳欲哭無淚，一不小心就敗光了上億家產，他簡直想殺了自己。然而他還沒來得及悔恨，灰燼中一道亮芒閃過，吸引了他的視線。

有奕巳彎下腰，從灰燼中拿出一個徽章。

那暗黑色的底面有些生鏽，看起來塵封已久。圓形的底盤上刻著一片四葉草，下方則是劍與天秤，長劍為柱，支撐著金色天秤的平衡，有種守序和鋒芒內斂的美感。

最下則鐫刻著一行字——

北辰之風永不停歇。

有奕巳伸手碰了碰徽章，一瞬間像有什麼順著指尖流進了心裡。

北辰是銀河第七共和國最北方的星系。

數百年前，共和國還在和亞特蘭提斯帝國處於爭戰時，北辰作為抵抗敵軍的最前線，一度是共和國的軍事重地。戰爭進行的五百年間，共有五位上將，二十位少將和中將，以及數以萬計的共和國軍人犧牲在北辰星域。

戰況最嚴峻時，整個星系有將近三分之二的領域都被敵方占領，而對方一旦突破北辰防線，首都星域的安全就岌岌可危。就在這時，一位駐守北辰星域的將領違背軍部退後防守的調令，帶著他的星艦左右迂回，最終與帝國的左翼艦隊同歸於盡，扭轉了戰局。

北辰之風永不停歇。

這是赴死的將士們留下的話。

率領軍艦以身赴死的，正是當時值守北辰星系的邊防家族——「萬星家族」的最後一任家主。在他之後，萬星家族其餘七子相繼戰死於北辰星系，直到再無子嗣，逐漸凋零滅亡，成為星際絕唱。據說每當有萬星族人奔赴戰場時，北辰星系的恆星便會散發出異於平時的璀璨光芒，與其餘星辰相輝映，遠望彷彿有上萬顆星辰在同時閃耀。

這就是萬星家族名稱的由來。然而很少人知道，「萬星」不過是他們的代稱，這個家族真正的姓氏是——有——包納萬物，有無相生之有。

有奕巳握住徽章的那一刻，他彷彿看到整片宇宙的星辰在自己面前閃耀，而其中有一顆熟悉的璀璨星辰從黑暗中一閃而逝，如剎那煙火。

「老頭，這是……」有奕巳的聲音在發抖。

「這是你父親留下的徽章，是他在任時留下的唯一遺念。」

「在任？我父母究竟是誰？」有奕巳連聲問：「還有這個徽章，究竟有什麼含義？」

「你的父親，就是擊退亞特蘭提斯帝國艦隊的功勳將領——萬星末代家主有卯兵的唯一後裔。」老人看著他，緩緩開口道：「而你，是世上最後一個萬星血脈！」

「開玩笑吧，我怎麼會……」有奕巳不敢置信，但他也無法堅決地否定。因為剛才在他識海內一閃而過的璀璨星辰，十分熟悉，任何一個地球人都會對它無比懷念。

那是一顆恆星。

來到這個世界後，有奕巳曾經百般打聽，都沒聽到任何有關銀河系的線索。宇宙那麼大，人那麼渺小，有奕巳甚至一度放棄，認為自己不過是穿越到了另一個宇宙。然而，剛才的幻象給了他新的希望。

那是太陽，是他曾經的家鄉唯一的恆星！他在徽章裡看到了太陽，難道只是巧合？萬星、有家，這個神奇的家族，會不會和他的穿越重生有關？

「如果你想知道真相，就自己去找。」老人彎下腰，打開門，任由紫微星上的大風將一地灰燼吹走。

「等等！」有奕巳忍不住阻止。

「等不了了。」老頭回頭看他，那犀利的目光不似一個年近古稀的老人，「是踏上征程，還是在這顆邊境星球過一輩子，你自己選擇。」

「……好。」有奕巳低頭看著手中暗金色的徽章，緊握著它，幾乎嵌進肉裡。

當晚，他一整夜都沒睡好，眼前時而閃過在地球時家人的歡聲笑語，時而又閃過在紫微星與老人相依為命的日子。

星際時代，重生為人，他心裡不是沒有過憧憬，也不是沒有遺憾。然而當事實擺於面前時，卻不是那麼容易接受的。萬星家族的滅亡，真的只是戰死沙場那麼簡單嗎？如果背負上萬星的稱號，是不是意味著他也要背負這個家族的血脈與仇恨？

再說，這副身軀的確流著有家的血脈，重活的十五年也讓有奕巳徹底融入這個世界、認可了自己新的身分。即便不去探尋有家滅族的真相，他就甘心一輩子困於這個小小的星球上？

思緒過甚讓他難以入睡，有奕巳索性打開星腦，搜索所有他想知道的消息。

第二天，當老人從星港值班回來時，看到的就是雙眼通紅、坐在門口等他的有奕巳。

他彷彿早有所料，咧嘴一笑，「怎麼，想明白了？」

「四葉草，一葉枯榮、一葉繁華，一葉平衡、一葉自守，記載在星法典第一頁。

劍與天平則象徵著公平與正義，是執法者的象徵……這是一枚星法徽章，我父親是星際檢察官。」有奕巳把玩著手裡的徽章，「而且這徽章上劍刃朝外，說明他是異能科的特搜官，而不是事務官。」

「咳咳……」老人被嗆了一口，「沒想到你查得這麼清楚。」

「近百年前，有家子嗣先後戰死於戰場，只有當時一名回鄉探親的有家媳婦避人耳目，在邊境生下了男孩，一直隱姓埋名度日。直到十幾年前，我父親身分暴露才引來禍事，對嗎？我猜測有家招人嫉恨的原因，大概和『萬星』這個名號脫不了關係。」

老頭神色複雜地看著有奕巳，「你都查到了？」

「一點旁門左道的消息，加上我自己的揣測。」有奕巳收起徽章，握在手心，「雖然無法掌握具體情況，但還是能猜個大概。老頭，你要我離開紫微星，真的是要我去報仇？」黑色的雙眸緊盯著對方，「裡面還有我不知道的內情吧？」

此時天色還早，有奕巳一夜未睡雙眼通紅，而老人卻是一夜勞作面色蒼白。看著老人滿頭的白髮和髒汙褶皺的雙手，有奕巳突然又不忍心再逼問他了。

「算了，你不說也沒關係，我……」

「我不希望你報仇。」老頭突然開口，「如果可以的話，我希望你能走自己選的路，小奕。」

有奕巳抬頭看他。

「但是，即便你不去招惹那些人，他們遲早也會來找你。如果在那之前，你沒有安身立命的資本，就會像你父母一樣……」老人握緊乾枯的雙手，青筋外露，「死無葬身之地。」

有奕巳低聲自語道：「我就知道，得到一個金手指，怎麼可能沒有代價。」他抬起雙眸，迎上老頭不解的目光，輕笑道：「老頭，沒事。就算你不說我也會出去闖一把的，畢竟不管怎麼說，我身上也流著萬星的血脈。」

而且，正如老頭所說，如果自身不能變強，躲得再遠，也會被有心人發現。像他父親那樣的身分都被逼至絕境，更何況是如今的自己呢。

看著養育了自己十幾年的老人，有奕巳心想，就算是為了償還這份養育之恩，為了報答有家這份重生之情，他也得拚一把。雖然他現在想守護的東西不多，但是為了這些，他仍願意不惜一切。

「你說如果我走的話，能走多遠？」有奕巳越過老人的肩膀，看著他身後天光未亮的夜空，視線彷彿可以穿過黑暗，直到宇宙另一頭。

老人靜靜地看著他，「比最遠的星辰還要遠。」

「哈哈！」有奕巳大笑，「我很期待。」

天際最遠的星辰，究竟會有多遠呢？

決定離開後，一老一小就開始收拾行李。兩人都不是拖泥帶水的人，當天就把有奕巳外出的東西收拾好了。除了一些簡單的衣物外，有奕巳只帶了那枚徽章。究竟是為了紀念這副身體的父母，還是懷念當年的那顆星球，他自己也說不清楚。將徽章往兜裡一揣，有奕巳就出門了。

「小奕！」臨走時，老頭喊住他，欲言又止，「有家的事我不太清楚，但是你要相信，你的能力絕對沒有你想像得那麼無用，你可是萬星後裔！」

「我知道了老頭。」有奕巳笑嘻嘻地回答他，「我不僅是萬星後裔，我還是即將拯救世界的救世主呢！」

「臭小子，吹牛皮不知道天高地厚！快滾吧！」老頭笑罵他。

有奕巳就此與養育他十多年的老人告別。

半小時後，他背著行李坐在飛行機裡，看著飛行機從地面升起，飛向星港，重生的「十五歲」少年有奕巳，心中有著說不清的感慨。他即將面臨的是一個怎樣的世界，那裡會有多少危機與機遇在等待，而那些還行走在時光中的陌生人，又有哪些會和他在未來相逢。如果……

「有奕巳！」

耳邊一道粗獷的聲音，打斷了有奕巳文青風的思緒。

他一抬頭，就看到元壯壯拿著一串烤魚走來，「你怎麼也在這裡？」元壯壯驚喜地道：「你不留在紫微星幫你爺爺看大門了？可是你的零級異能，也不可能被哪家學院錄取吧……」

有奕巳看著朋友毫不在意地戳中自己的痛處，正有些不爽，又聽見元壯壯繼續道：「啊，我知道了，你也是去參加北辰軍校考試的嗎？」

北辰？

一個關鍵字，吸引了有奕巳的注意力。

「北辰軍校考試？」

「你竟然不知道？」元壯壯錯愕道：「我還以為你去星港就是為了……」

接下來，元壯壯好一番解釋，總算讓有奕巳明白什麼是「北辰軍校考試」。

在銀河第七共和國，每位年滿十五歲、從基礎學校畢業的學生，都面臨著兩個選擇。一個是直接去基層工作，另一個是繼續深造學習，期望將來分派到不錯的工作。

再深造的高級院校又分為兩種，一個是民生向的綜合類院校，其中包括經濟、文學、理工、藝術科等等……這些專業的學校，基本上都會錄取一些在這方面有異能優勢的學生——比如元壯壯的異能就是加強他的力量和對機械的掌控度，機械學院很樂於錄取這樣的學生。

另一類則是軍校，這裡的學生只有兩個專業。以騎士與劍為徽章的守護學院、與以天平與四葉草為象徵的星法學院。軍校基本上不對外招生，只錄取軍隊內部的成員小孩。

根據元壯壯的說法，今年北辰軍校史無前例地公開招生了。

「聽說只要通過考試和面試的學生，不論什麼身分都會被錄取。」元壯壯崇拜地道：「雖然現在是和平時期，那可是軍校啊！出來以後就是少尉軍銜，在紫微星都可以橫著走了！要不是我已經被藍星技術學院錄取，我也想去考考看……」

說完，他看向有奕巳。「對了，既然你不是為了考試離開紫微星，那你是為了做什麼？」

做什麼？

如果剛才有奕巳還處於迷惘中，現在的他已經有了目標——北辰軍校的開放式招生考試。

他今年畢業，而北辰軍校破例公開招生，有奕巳覺得這根本是特地為自己準備的捷徑了。

心情大好的他，摟過元壯壯的肩膀，拿起烤魚咬了一口。

他的確不是為了考試。

有奕巳心道。

他的目標，可是星辰大海。

第二章　潛龍在淵（二）

CHIEF PROSECUTOR OF THE GALAXY

共和國曆一千七百七十一年七月，北辰之戰結束後的兩百年，有奕巳搭乘的星際穿梭飛船，駛入了北辰星系。

時隔兩個世紀，又一位萬星家族的後裔踏進了這片星域。然而此時，包括有奕巳本人都不知道，有家血脈重回故地，對他和北辰星系意味著什麼。

他正在為考試的事而煩惱。

「軍校考試竟然要考異能……不過也是啦，軍校的考試怎麼不可能考異能……唉……」他唉聲嘆氣地坐在四等艙狹窄的床鋪上，翻著一堆考試資料，第一次感覺到為難。

若是一般的考試，對有奕巳來說相當簡單。讓他為難的，是異能部分。

自從數百年前人類第二次大進化後，異能就成了人人必備的生活技能。擁有異能後的人類，不僅體質和力量上有了進化，甚至精神方面也各有異變。

有奕巳就遇過一個能夠使用精神力暫停時間的高手。當然，那是一種類似幻覺的能力，並不是真的暫停時間。

相反，沒有異能的限制非常多，不能開星際飛車、不能從事涉及外太空的工作、不能……

軍校顯然不會招收一個零級異能的學生，更何況自己的目標還是軍校中的精英專業——檢察官候補。

那麼，他要就此放棄嗎？

不，天無絶人之路，他相信事情會有轉機。而且，他身上還有所謂的萬星血脈。

不過，萬星血脈究竟是什麼？

正想著，敲門聲響起，一個老熟人擅自闖了進來。

「我要下飛船了，有奕巳。」不速之客元壯壯道：「前面的星球就是藍星技術學校所在地，我得走了。」

「哦，好，祝你一路順風。」正獨自煩惱的有奕巳心不在焉地回答。

「暑假你要和我一起回紫微星嗎？」

有奕巳本想拒絕，但想到老人孤零零地留在紫微星，他也不放心，便點頭答應了。

「好。」

元壯壯興奮道：「那你到時候要來藍星找我喔！對了，我還不知道你要去哪裡？這已經靠近邊境，帝國那邊……」

元壯壯話還沒說完，就聽見外面傳來陣陣驚呼，此起彼伏，喧鬧不止。

怎麼回事？

有奕巳循聲望去，透過星際飛船透明的外艙，看見了令他終生難忘的一幕。

一隻比星艦還大的鯨魚，在星空裡緩慢暢遊著。

為什麼會有在星空裡暢遊的鯨魚？為什麼會有銀色的鯨魚？如果不是，那熟悉的背鰭與尾鰭又是什麼？

巨大的身影在星空間遊走著，遮蔽了半個天地，不經意間散發出的光芒甚至蓋住了遠處恆星的光。

攝人心魄的美麗，奇跡一般的造物。

「天啊，是亞特蘭提斯的星鯨！」元壯壯驚呼道。

星鯨、亞特蘭提斯？

有奕巳這才反應過來，他已抵達共和國與亞特蘭提斯帝國的交界處，在這裡看見這般奇景也不奇怪。

亞特蘭提斯人，是與共和國人類完全不同的種族。相傳，他們最早是生活在某個星球的海洋哺乳動物，經過不斷進化後，和宇宙其他智慧生物一樣開始向宇宙發展，甚至成了最強大的種族之一。

亞特蘭提斯人也遺傳了他們先祖海洋哺乳類生物的特點，大多數亞特蘭提斯人化作人型時沒有耳朵，只在耳側位置有幾道細縫，並且根據種族不同，身上會有不同的斑紋。

更奇異的一點是，所有亞特蘭提斯人都能化成另一個形態——他們的原始形態，鯨與鯊。

當然，這都是傳言。現在人見到的星鯨或星鯊，都是亞特蘭提斯人做出來的立體影像，只是用來在邊境區域威嚇用的，並非實體。

明白了這點後，有奕巳也興致缺缺。

「有什麼好看的，一個影像而已。你還不下站？我聽到廣播在催人了。」

「真的？那我先走了，你到了之後記得聯絡我喔！」

元壯壯匆匆離開。

在這陌生的星系，又只剩有奕巳一人，他頓時覺得有點寂寞。

「想什麼呢真是。」

他把太空枕頭往臉上一蓋，決定睡一覺再起來考慮考試的事。只是，臨睡時不知為何，腦海中又閃過了剛才那個龐大而神祕的影子。

星鯨、亞特蘭提斯……說起來，地球上也有關於亞特蘭提斯的傳說……

龐大的星鯨幻影從飛船一側消失後，人們逐漸收回了目光。

看起來雖近，其實雙方之間隔著數千星里的距離，星鯨的身影除了在某個少年夢中徘徊不散，並沒有給其他人留下多深刻的印象。

然而，沒有人知道，在飛船離開後，那隻「星鯨」轉身掠過了幾顆行星，最後在一顆蔚藍色的星球前停下。銀色的光芒驟亮，幾乎將黑色的星空點綴為白晝。

須臾，一個修長的身影從銀光中走出，不著寸縷地在太空中走著，如履平地，直到緩緩落到為他準備好的一塊星港平臺上。

「殿下。」立刻有侍從遞上黑色的披風。

人影接過，銀色的長髮傾斜在黑色綢面上，鋪展開來，流光溢彩，有種奪人心神的美。

「您實在太不注意了。」卻有人大煞風景道，「這時北辰軍艦正在外巡邏，您化身原形，萬一被對方軍艦發現，引起誤會，該如何是好？」一個穿著書記官制服的帝國軍人推了把眼鏡，很不贊同地道。

而他說教的對象，剛整理好穿著，懶洋洋地走到一旁的暗紅色躺椅坐下。

「現在的北辰軍隊早已不同往日，他們發現不了我的。」說話的人有著十分好聽的男低音，帶著特有的沙啞，很容易令異性臉紅心跳。

修長的手指挑起自己的一撮銀髮，掀到耳後，露出俊逸出塵的側臉。銀色的眼瞼低垂，在白到近乎透明的臉色撒上些微的投影，堅挺的鼻子到唇部形成一條優美的弧線，比例相當完美。

當他抬頭看向某人時，那雙黑色眼眸裡彷彿有星辰在跳躍。

慕梵，亞特蘭提斯王室血脈，世上最後幾隻星空鯨鯊。

不是地球上的鯨鯊，而是真正的鯨與鯊魚的後裔。傳說亞特蘭提斯人還生活在原始星球上時，王室血脈就是由一隻鯨與一隻鯊繁衍出來的。非常不可思議，卻是事實。

亞特蘭提斯有三大尊貴的血脈，星空鯨、星空鯊，以及王室代表的鯨鯊。鯨鯊擁有鯨的體型、鯊的凶猛，在戰爭時一度以一己之力對抗整個共和國的艦隊，戰鬥力不可小覷。然而這樣珍貴的血脈，如今只餘不到五位，每一隻鯨鯊都十分珍稀。

因此，書記官才會對慕梵的行為表示感到憤怒。

「殿下，您如此尊貴，怎麼能讓自己陷入險境？」書記員眼鏡寒光一閃，「我沒看錯的話，你剛才還特地在對方的一艘民營飛船的可視區域內經過，那些人類可都看到您了！」

「咳咳……」正輕酌的慕梵被嗆了一口，「那只是意外。」他苦笑道，嘴角帶著令人心動的酒窩，「而且我保證，我偽裝成星鯨的投影完美無缺，沒人會把我當成真的生物。」

「是那樣最好。」書記官道：「您要注意您的安全，殿下。最近帝國與共和國都不太平。」

「世事從未太平過，梅德利。」喊著書記官的名字，慕梵放下酒杯，「我到這裡，雖然是暫避，但也不能什麼事都不做。」

梅德利頓時有不好的預感，「您又在打什麼主意，殿下？」

「我只是在思考一個問題。兩百年前，人類憑藉他們的力量，將慕焱逼得與他們同歸於盡；兩百年後，人類卻快因為自己的內鬥而亡。你不覺得他們很有意思嗎？」

「殿下慎言。」梅德利淡淡道，「帝國自百年前就不再干預銀河第七共和國的內政，共和國的事務與我們無關。」

「無關？那為什麼海因里希家的幾隻傻鯨和茨汰家族的幾隻蠢鯊，最近一直祕密與共和國聯繫？難道他們脫離帝國、成為人類共和國的一員了？」

「殿下……」梅德利臉色難看，涉及政治，可不是該他多嘴的。

「行了。」慕梵淡淡一笑，看著酒杯內猩紅色液體的倒影，「你我都明白，既然他們能找點事情做，為什麼我就不能？」

「您想做什麼？」

「聽說北辰軍校最近在招生，而且不論身分？」

「這……」

「不然我還是回帝都，再揍海因里希家那小子幾拳好了。」

「我這就去幫您搜集資料！」梅德利咬牙，拿自家殿下沒辦法，只能妥協。他起身要離開，轉身又忍不住道：「殿下，您為什麼會如此關注北辰星系？」

「梅德利。」慕梵收起笑容，看起來別有一番不怒自威的氣勢。「慕焱不僅是最後一個戰死的鯨鯊，更是我唯一的兄長。」

兩百年前的最後一戰，亞特蘭提斯大王子慕焱戰死於北辰星系。與他一同殉葬的，則是萬星有家的艦隊。

梅德利有些擔憂，「如果您遇見了有家後人，會怎麼做？」

「怎麼可能？」慕梵失笑，「有氏一族，早就滅亡在人類自己手裡。」

「殿下，我是說萬一，再出現一個像十幾年前的有銘齊那樣的漏網之魚呢？」梅德利不肯放棄道。

慕梵沉思了一會，低下頭，看著杯盞中倒映的漫天星光。

「如果是那樣……」

他輕輕搖晃，好像將整個世界都握在手心。

「我就把這顆『萬星』，囚禁到任何人都看不到的地方，讓他嘗遍幾百年來我所承受的痛苦，直至死亡。」他的聲音低沉，似是來自最深的深淵。

言畢，他看見梅德利錯愕的眼神，失笑道：「玩笑而已。放心，我不會亂來。」

深知殿下秉性的梅德利嘆氣道：「希望如此。」

但即便是慕梵也沒料到，命運弄人，在不久的未來，這番話竟然成真了。

只是那時的心情，已截然不同。

「阿嚏！」

剛踏上北辰主星的有奕巳已經打了三個噴嚏。

「究竟是誰一直在想我？」

鬱悶地摸了摸鼻子，踏上星港的口岸，抬頭便看見整個星港的全貌。與紫微星破陋的星港不同，這裡停滿了來自各地的星際飛船，大大小小，交錯交疊。

在遠處則是被嚴加看守的軍港，隱約可以看見龐大的軍艦規整地停靠著。一旦有異動，這些龐然大物就會以鋪天蓋地的氣勢從星港升空，飛向宇宙。而同樣規模的星港，主星上還有五座，其他星球上還有數十座。

這就是北辰星系，人類最大的邊境要塞，數百年前抗戰的聖地。

「北辰。」有奕巳摸了摸放在心口的徽章，「總算到了。」

然而讓他失望的是，踏上主星後他並沒有感受到風。是的，沒有風。

整個主星出於防衛需要，外空與星球大氣層間全部用智慧裝甲隔開，再模擬出虛擬天空。星球內的天氣也是按照需求由人工操縱，這樣的環境下，別說是自然風，任何一滴雨水都經過了嚴密計算。

徽章上的北辰之風指的又是什麼呢？有奕巳想，看來現在是找不到答案的。不過，只要想辦法進了北辰軍校，就能離真相更進一步。

有奕巳抱著問路的心態找一個路人阿姨時，得到了如下回答。

「啊？你要找什麼？」

「我找北辰軍校，阿姨。」

「北辰體校，我不認識啊！」

「是軍校！」

「軍銜？哦哦，我兒子軍銜是中尉啊，你問這個幹嘛？」

「我是說——北辰萬星軍校——阿姨，您知道它在哪嗎？」

「你說萬星……啊，我好多年沒見到萬星家的人了……都不在囉……」

阿姨耳朵似乎有點問題，兩人總是雞同鴨講。正當有奕巳想著是不是該放棄，換個人問路時，和他交談的阿姨卻毫無預兆地捂住胸口，噗通一聲倒在馬路上。

一旁邊行走的路人全停了下來，用一種可疑的目光看著有奕巳。

有奕巳深吸一口氣，上前扶起阿姨，連忙叫：「這裡有人暈倒，誰能幫我聯繫救護中心！」

熱心路人撥通了救護中心的號碼，不一會治療機器人和警用機器人就從天而降，分別帶走了阿姨和有奕巳。

坐在警車裡的有奕巳心想，生平第一次搭乘的免費專車竟然是警車，人生真是圓滿了。

他在警局待了一個下午，應付了警用機器人的各種盤問，在餓得饑腸轆轆時總算被宣布可以離開。

有奕巳揉了揉疼痛的胳膊，走出警局。

「抱歉，讓你受委屈了，小朋友。我聽到消息就立刻趕來了，你沒事吧？」

剛一出門，有奕巳就看到一個穿著軍服的青年迎上，又是道歉又是慰問。有奕巳掃了眼他的軍銜，了然道：「啊，你是那位阿姨的兒子？」

「對。」這位中尉連忙道：「今天我母親出門忘記帶藥，一時發病暈倒，別人卻以為是你撞到她，我問清楚緣由後就立刻來接你了，實在抱歉！」

「不用在意，我就當是在警局裡喝了頓下午茶，沒什麼大不了。」有奕巳擺擺手表示沒事，反正他也沒地方去。

中尉用奇怪的眼神看著他，「你不擔心自己？」

「擔心什麼？」有奕巳勾起嘴角，反問道：「擔心被你們誣告，或者是被當肇事者抓起來？路邊那麼多監視器，隨便調一個就能證明我的清白了。再說，就算真的遇上沒良心的人誣告我，對方也得舉出我確實撞到人的證據，我不覺得對方舉得出來。」

中尉目瞪口呆地看著眼前年輕的男孩，「你說的……也對。冒昧問一句，你來這裡是？」

「我來考軍校！」有奕巳露出牙齒，大大方方的一笑。

「怪不得，我就覺得你看起來很聰明！你考北辰軍校，有地方住嗎，要不要住我家？就當是為這次誤會賠罪，不用客氣！」中尉十分大力地拍著胸脯，隔著軍服啪啪作響。一副要是有奕巳不答應，就把他綁著走的感覺。

早就聽說北辰星系的人都特別豪邁，正愁沒地方住的有奕巳因此不客氣道：「那就謝謝大哥了！」

「很好！我叫柏清，從今以後你就是我照顧的小師弟了，而且我媽就喜歡你這樣眉清目秀的小朋友。對了，還沒問你名字……」中尉搭著有奕巳的肩膀，把還沒發育的少年拎小雞一樣帶著走了。

由於這場突如其來的意外，有奕巳因禍得福，得到便宜大哥一枚，也暫時解決了住宿問題。

在和柏清聊了一路，即將走到他家門口時，有奕巳終於想起一個問題。

「對了，柏大哥，我還不知道北辰軍校在哪裡，還得趕著去報名呢。」

「在哪？」柏清呵呵一笑，「你腳下不就是嗎？」

有奕巳慢慢地瞪大了眼，「你的意思是……」

「這整個星球，就是北辰軍校。」柏清自豪道：「星球上的每一個人都可以看成是北辰星系的軍人，一旦開戰，上至八十老人，下到八歲幼兒，都可以立刻上戰場，永駐北辰，護衛星海！」

永駐北辰，護衛星海！

彷彿一陣清風從耳畔拂過，有奕巳呆愣了一會，微微笑了。

他有點明白，徽章上的「北辰之風」指的是什麼了，不是指真正的風，而是這裡的人帶來的氣勢。

當晚，有奕巳就在柏清家住了下來，他也向柏清問了一些考試相關的問題，並回答了一些柏清對自己的疑問。

當然，他沒有透露自己零級異能的事，但他相信，以柏清中尉級別的實力，應該能察覺到他目前的異能等級並不算高。

即便如此，柏清也沒有說過半句讓他放棄的話。

「你儘管去考，如果進了，你就是我師弟。」柏清拍著他肩膀，「到時候我就可以跟朋友們吹噓，我也有一個考進星法學院的師弟了。」

有奕巳微微一笑，「那到時候，你要做我的守護騎士嗎，柏大哥？」

柏清老臉一紅，「我、我不行，天賦異能五級以上的人才能成為星法典的守護騎士，我早就被淘汰了。」說著說著，他有點惆悵起來。

談起守護騎士，守護學院沒有人不嚮往此職。那是象徵著榮譽和力量的稱呼，遠不同於一般軍銜。柏清雖是守護學院畢業的，但並非每一個畢業生都能成為守護騎士，就像不是每一個檢察官候補都能成為檢察官。

如果說，檢察官與法官是星法典的使用者，守護騎士就是星法典的守護者，騎士們通過效忠自己所選擇的檢察官或法官來守護星法典。

因此星法學院和守護學院，私下也被戲稱為公主學院與騎士學院。

當然，在異能遍地的時代，無論是法律本身還是執法人，都與有奕巳待過的地球有很大差異。不久之後，他將親身體會到這一點。

就在有奕巳就埋頭準備北辰軍校的入學考試時，卻錯過了一個震驚全宇宙的消息。

亞特蘭提斯帝國的二皇子，目前皇室僅存的男性子嗣，竟然報名參加了北辰軍校的入學考試！

這個消息迅速散播於兩個國家間，並引起巨大波瀾。人類共和國內部的反應暫且不談，亞特蘭提斯帝國內部，已是驚濤駭浪。

亞特蘭提斯陛下聽到消息，只是一揚眉角，不曾多說，看樣子是放任了二皇子的任性。

其他人，未必就這麼想。

「這個慕梵又在打什麼鬼主意？」

「他是與北辰的人結盟了嗎？」

「愚蠢，北辰那些執而不化的榆木腦袋連我們都說不通，你以為慕梵就可以？」

「那麼北辰軍校會阻止他考試？」

「我看也未必。不過，就算不能阻止他考試，我們也可以……」

陰謀在黑暗中滋生。

就像慕梵自己說，世事從未太平過，只不過這一次，他決定主動掀起一股風波，好將幕後那些齟齬的蛆蟲剷除殆盡。

然而他沒想到，這風浪不小心掀得太大，再加上另一個沒心沒肺的傢伙從中興風作浪，不久以後，兩大國都起了天翻地覆的大事。

俗話說就是，瘋過頭了。

第三章　潛龍在淵（三）

CHIEF PROSECUTOR OF THE GALAXY

時間轉瞬即逝。

北辰軍校考試登記當天，特地闢了一塊地區供報名者聚集。

由於是首次對外招生，報名人數超過以往的十倍，同時也意味著淘汰率也是以往的十倍。

「報名守護學院的請靠右，報名星法學院的請靠左。」

許多多站在左邊的人群中，手心緊張得直冒汗。

這次家裡賣了一年產出的星礦，才湊出旅費和學費來讓他考北辰軍校。萬一失敗，他哪還有臉面回去見父母和弟弟妹妹？一想到此，許多多本就不大的心臟撲通得更厲害了。他個子小，加上緊張，縮在人群中幾乎不見影子。

考生之間的氣氛不太友好，由於淘汰率偏高，彼此的眼神都是防備而充滿敵意。在這樣的高壓下，出現紛爭是必然的事。

一個人從後面走來，沒注意到個子矮的許多多，一下子撞到他身上，並把他的行李也撞翻了。家裡剛收成的小麥粉灑了一地，許多多還來不及心疼，就聽見一個暴怒的聲音。

「怎麼不長眼啊，小子！」

許多多抬頭，看見剛撞到自己的大個子，正惡人先告狀。

「你的髒東西弄髒了我的衣服，等一下還怎麼考試？」這個粗壯得簡直可以去考守護學院的大個子一臉怒氣道：「喂，窮鬼，跟你說話呢，聽見沒有！」

「不、不是……」

「不是什麼？」

「不是髒東西，是新收的小麥……」

大個子暴怒吼道：「賣你個頭！我說你，該怎麼賠本大爺的衣服？」

「是、是你撞我的……」許多多囁嚅著想要辯解。

「你說什麼?!」大個子更怒了，大手一伸就要揍人。誰知道他這手不小心伸得太長，惹來了不該惹的閻王。

「嗯？」

有奕巳看著被打翻的豆漿，這可是柏阿姨特地幫他準備的，還沒喝幾口呢，好心痛。

接著他抬起頭，幾乎是在十分之一秒內就判明了眼前形勢。

暴躁怒漢欺負暖弱小正太，呵呵，多經典的場景，可有奕巳不是那愛管閒事的人，轉身正準備離開——

「哪裡又跑來一個瞎子，沒看見老子我正在教訓人嗎！」

收回前言，有奕巳管起閒事來，簡直不是人。

許多多閉上眼，正等著挨揍，可預想中的拳頭並沒有揮下來，反而聽見了另一人的聲音。

「我是不介意你打人，但你有想過你揮出這一拳的後果嗎？北辰軍校最注重紀律，一旦發現考生鬧事，一定會取消他的考試資格。」

「誰、誰能證明是我打人？」大個子的聲音有些遲疑。

「你以為這裡會有其他人為你作證？只要我和這傢伙一口咬定是你找麻煩，你的考試資格就一定會被取消。」那個聲音繼續道：「當然，你也可以去找考官解釋。但是事情本就是你無理在先，就算考官親自調查，也不會得到對你有利的證據，只會坐實你的惡行。我的話說完了，現在你可以決定是不是要揮出這一拳。」

「你！」大個子怒視有奕巳，「只會賣弄口舌的傢伙，算什麼東西！」

話雖這麼說，他氣勢卻弱了下來，也收起了拳頭。萬一真的被巡查人員發現鬧事，肯定不能繼續參加考試。比起發洩怒火，考試的名額可寶貴得多了。

「連口舌都不會賣弄，還來考星法學院做什麼？星法典民部侵權篇第七章的內容，你知道嗎？」有奕巳微笑，「不記得的話，我建議你回去多看點書，好過在這裡沒事找事。再見，不送。」

大個子惡狠狠地看了有奕巳一眼，悻悻離去。

攆走了一個麻煩的有奕巳則在心裡嘆氣，他怎麼就一時衝動，惹上麻煩了呢。

「那……那個，謝謝你。」

有奕巳一低頭，就看到麻煩的來源——小個子眼冒星星地看著自己。

「你好厲害，竟然說服了他！」許多多崇拜地看著眼前人。

這個黑髮黑眼、看起來不比自己大多少的少年，竟然能解決自己束手無策的麻煩，果然大星系就是藏龍臥虎、能人輩出！

他偷偷看了有奕巳幾眼，又有些不好意思地想到，果然媽媽說的是對的，長得好看的人幾乎都是好人。

這個少年就長得很好看，他幫了自己；那個大個子橫眉粗眼的，就只會欺負人。

出乎意料的，許多多還是一個潛藏的外貌主義者。

「沒什麼。」有奕巳咧嘴一笑，「我幫你擋了這一災，可是冒上了不必要的風險，你準備怎麼補償我？」

「我的小麥粉還有半袋！」許多多眨著眼，「夠嗎？不夠我還有一些口糧，都是從家裡帶的，不嫌棄的話我還有……」

天啊，世上究竟是哪裡來如此單純的少年？

有奕巳捂著剩下不多的良心，掙扎道：「算了，先欠著，我改天再跟你要。」

「好的！」此時，許多多還不知，自己已經掉進了大野狼的陷阱。

有此一難，有奕巳算是多了一個小跟班，一路上許多多跟在他背後問來問去，像個小喇叭。

「對了，奕哥，你怎麼看出那個大個子不記得星法典民部侵權篇第七章的內容的？你好厲害！」兩人交換了姓名後，許多多崇拜道。

為了防止身分暴露，改名蕭奕巳的有奕巳擺手道：「那有什麼？我隨口胡扯的，是個人就不……」

「因侵權行為人的行為而造成他人財產、人身和精神損害，依照星法應……」許多多洋洋灑灑背誦完一大串，討好道：「我都差點記錯了呢，奕哥你肯定比我流利！」

不，少年，他根本記不得，他只是隨口扯來唬人而已。

有奕巳的自尊受到了九百九十九點攻擊，他決定以後向許多多討債時，要把此時的精神損失也加進去。

不過說真的，許多多的記性真是好得超乎異常。星法典總共有六部七十二篇三千三百零八章，他竟然能把其中一章記得這麼熟？

有奕巳也感嘆道，果然大星系就是高手多。

兩人結伴而行，在等待考試的過程中也沒那麼無聊了。等了半天，就快要輪到兩人登記時，人群卻突然被打亂。

一艘陸用穿梭機囂張地停在報名點上空，而令人意外的是，校方竟然沒有阻止，反而派人前去迎接。

「這是？」有奕巳有些困惑，不是說軍校內不允許存在特權主義嗎？

「一定是慕梵！」許多多尖叫道：「是他，聽說他今年也來報考北辰軍校，可惜他考的是守護學院，不然說不定能和我們成為同學！」

「慕梵？亞特蘭提斯的王室？他到共和國來考北辰軍校？」有奕巳瞪大了眼，「如果我沒記錯，他的兄長慕焱，當年就是戰死在北辰的吧？」

「都是成年往事了嘛，帝國和我們也停戰兩百年了，誰還計較這些？而且殺死慕焱王子的萬星家都絕後了，他們不會記仇啦！」許多多不在意道，「那可是慕梵王子！聽說他是鯨鯊，全宇宙低於五隻的鯨鯊！」

有奕巳卻陷入一陣沉默。

聽著自己家族被人用這樣的語氣說出來，心裡實在是不太好受。看起來彷彿有家滅亡，對兩國來說反而是件好事。然而這對當年以身殉國的前人，又是多麼諷刺。

「你怎麼能這麼侮辱先烈！」

然而沒等有奕巳想好怎麼回應，旁邊的紅髮少女就先忍不住了，「要是沒有萬星，北辰戰線早就全線崩潰，今天你腳下這塊土地就成了帝國的殖民地，我們就都成了奴隸！你竟然用這種話議論先烈，怎麼對得起北辰陣亡在戰場上的伙伴！」

少女激動地說著，眼眶紅了起來，瞪著許多多，「你、你……我討厭你！」

說完，留下目瞪口呆的有奕巳和許多多，甩著辮子捂臉跑開。

親眼目睹了熱情粉絲為自己家族辯護的有奕巳心想，少女別走啊，我還沒死呢！

許多多卻著急了，「是我說過頭了，不行，我得找她去道歉。」說著也丟下有奕巳追少女去了。

「好啦，都走都走，留我一個。」有奕巳看破紅塵般揮了揮手，「什麼帝國王子，什麼北辰，和我又有什麼關係呢？塵歸塵土歸土吧！」

「噗！」旁邊傳來一人笑聲。

有人?!

「抱歉，我不是故意偷聽你們談話的，只是不小心聽到。」

有奕巳轉頭，先看到一頭璀璨的白金短髮，接著才望入一雙如湖泊般深邃的碧綠眼眸。

一個長得很好看的年輕人，笑意盈盈地望著他。

有奕巳看著這個不速之客，「你全都聽見了？」

那人再次致歉道：「本來沒打算聽，只是你們聲音有點大……」

有奕巳連忙道：「沒事沒事，閒聊而已，吵到你了，抱歉。」

「哪裡，是我冒昧了。」對方有些窘迫地說：「是我很羨慕你們可以這樣肆無忌憚地聊天，就忍不住一直聽了。」

羨慕？難道這位看起來風度翩翩的男子，還是個身世淒慘、被孤立的少年？

本來還有所防備的有奕巳，見狀同情道：「你從來就沒和朋友這麼聊過？」

對方苦笑，「我身邊並不存在關係這麼親近的人。失禮，忘記自我介紹了，我是伊索爾德．海因里希，未請教……」

就在有奕巳準備報上姓名時，被一陣轟鳴聲打斷。只見天上一直在盤旋的陸用穿梭機終於開始降落，引起一地飛塵。

「咳咳咳！」有奕巳捂著口鼻咳嗽，被伊索爾德拉了一把，才躲過後面的塵土。

他抬起頭，只見穿梭機落地，機門緩緩打開，一個穿著華貴、銀光閃閃的生物從裡面走了出來。當然，那人並不是真的會發光，只是對方容貌身姿太過優雅，讓人覺得像是一個人形聚光燈。

「那就是亞特蘭提斯二王子？」有奕巳撣了撣身上的灰，「真是氣勢逼人啊！難怪我聽說亞特蘭提斯王宮內不用燈光照明，想來有這些自體發光源的王室在，也用不著點燈吧。」

「呵呵……」伊索爾德忍不住笑，眨了眨眼。「也許正如你所說。」

「如果這位王子真成了我們同學，可就麻煩了。」有奕巳撇嘴道：「我和這些天之驕子是天生犯沖。」

然而，被有奕巳羨慕嫉妒恨的慕梵，此時情況卻有點不妙。自下穿梭機後，他就覺得心緒不定、胸悶氣短，總覺得空氣中蘊藏著什麼危險因子，壓抑得幾乎令他窒息。

這種感覺至今從未有過，慕梵面無表情地走向北辰一方的接待人，心裡卻在暗自考量。

鯨鯊的第六感向來很準，難道這一次，他真的會在北辰遇到危機？

北辰主星上，考生們焦急地等待著登記。而在北辰星系外，也有不少人關注著這次考試。

「亞特蘭提斯二王子報考北辰。」巴默爾故作詫異地挑起眉毛，「這就是最近熱議的新聞？」

「議長大人操心國事，連最近的消息都沒注意到嗎？」

在他身後，一個鬚髮皆白的老人笑咪咪地摸著鬍子。「不知道中央星系的那些校長們，聽到這個消息時有何反應？巴默爾議長，您怎麼看？」

此處為銀河第七共和國的上議院，目前正於議會休息時間，參議的議員們不知為何便談到了慕梵報考北辰軍校的事。

老成世故的巴默爾一直充耳不聞，不打算摻合，沒想到還是被這老狐狸拉下了水。

向他發問的，正是共和國目前九位大法官之一——莫利西。這位執掌星法典數十年的大法官，也是北辰軍校的畢業生。

巴默爾借力打力道：「說起來，我畢業於中央軍校，並不瞭解北辰的情況。這次的事，難道不是莫老師您更有發言權？」

雖是北辰的畢業生，但是莫利西曾在中央軍校見習執教過兩年，中央軍校出身的議長稱他一聲老師，也不為過。

「我的看法？」莫利西摸著自己的鬍子，笑呵呵道：「一想到中央軍校那群老禿驢正羨慕嫉妒著，我就開心得能多吃兩碗飯。」

為老不尊的傢伙。巴默爾暗中翻了個白眼，卻也耐他不得。

「莫利西大法官。」此時，有另一人開口：「您這麼說似乎不妥。慕梵身為敵國王子，北辰卻接受他參加考試，是否太目無規章？」

「敵國？」莫利西看向說話的年輕人，「不說我都快忘了，十年前將萬星封地出賣給對方時，諸位怎麼就沒想到那是敵國呢？哦，當然，我並不反對你們出賣一個早就滅亡的家族故地，畢竟好處大家都能拿。只要不再冒出一個有銘齊，自然就不會有人向你們聲討正義了。」

在場的所有人都面露尷尬。

萬星家族滅亡後，瓜分萬星遺產的事，議會裡有哪個人沒做？

至於第二個有銘齊？一個不成器的萬星後裔，再出現一個又能改變什麼？

似乎看出了對面年輕人的想法，莫利西笑呵呵地不說話，視線投向遠方，發出只有他自己聽見的輕聲嘆息。

另一邊，絲毫不知自家祖產已被瓜分乾淨的有奕巳，正和伊索爾德聊得興起，甚至連排隊登記的事都拋之腦後了。

「蕭奕巳。」

「蕭奕巳！」

「是！」

登記員連喊了兩聲，有奕巳才反應過來這是在叫自己。

守護學院登記處，也正輪到某人。

「慕梵！」

「在。」慕梵踱步上前，登記員公事公辦地遞出號碼牌。

「這是你的考試號碼。入學考試從明天開始，請做好準備。」

「是。」

「瞭解。」

兩人幾乎同時應道。

再低頭一看考號。

蕭奕巳，兩百八十八號。

慕梵，兩百八十九號。

有時候真是虐緣天註定，多年後的有奕巳這麼回憶著。

當時的有奕巳，還不知道自己的號碼和慕梵是連號。而伊索爾德，拿到的則是兩百九十號。

「我們號碼很近，也許考試時可以互相幫助。」登記回來的伊索爾德微笑道。

「號碼順序和考試順序有關嗎，他們不會打散嗎？」有奕巳不解。

「登記的順序本身就是打亂的過程。」伊索爾德解釋道：「你放心，號碼順序不會影響筆試，只會在之後的異能測試中發生作用。聽說相近的幾個號碼，會被安排在一起參加異能考試。」

「你知道得真清楚。」

「一點小道消息而已。」伊索爾德不以為然。

其實，這可不是誰都能得到的小道消息。

北辰軍校一直以來只在內部進行考試，能得到相關的考試消息，本身就不容易。更何況，今年的考試規則還有變革，便是老前輩柏清都摸不著頭緒，伊索爾德能得知異能考試的分組規則，肯定不簡單。

有奕巳心裡明白、表面糊塗地道：「那真是太好啦，我異能等級不算高。如果我們合作，只能指望著伊索爾德你拉我一把了。」

伊索爾德大方道：「我異能等級還可以，我會盡我所能。」

看對方答應得這麼爽快，有奕巳不由好奇，「不好意思問一句……」

「剛入六級。」伊索爾德慚愧道：「這幾年一直沒能有所進步，我才會到北辰來尋找出路。」

異能等級從低到高，分為十二級五階。一到三級為星階，初學者領域；四到六級為月階，稍有小成；七到九級為日階，名動一方。以上還有乾、坤兩階，但那已經不是普通人所能達到的。

其中，主修精神的星法者，等級比守護者更難提升，也因此高階異能者多以主修戰力的守護騎士為主。

六級異能意味著，就算伊索爾德去報考守護學院，也有極大可能成為守護騎士。連星階一級都沒有的有奕巳，都快羨慕死了，他嘆了口氣。

「本來我很擔心自己會拖你後腿，不過既然你這條大腿這麼粗，我就放心了。」

伊索爾德好奇地問：「你的異能究竟……」

有奕巳無奈一笑，「到時候你就知道了。」

排隊還在繼續，等有奕巳和伊索爾德吃完午飯回來，待登記人數已經排到一千多名了。偏偏北辰軍校不願意使用智慧登記系統，只能由登記員手動驗證、分發，速度自然很慢。

有奕巳回來時還看到了許多多，他和那紅髮少女站在一起，兩人看起來不僅盡釋前嫌，關係還不錯的樣子。

有奕巳想，不能阻止別人把妹，便和伊索爾德在一邊閒聊起來。他本身帶著兩世經歷，什麼都能聊；伊索爾德更出乎他意料，這傢伙見識極廣，基本上有奕巳提出的話題他都能接個一兩句。

當然，他也從伊索爾德身上打聽到了一些特別的消息。

這一次，報考北辰軍校的亞特蘭提斯人不止慕梵一個，伊索爾德竟然也是亞特蘭提斯人！雖說有些細微特徵可以辨別，但如果對方遮住了耳朵，其他地方不仔細觀察，根本看不出來。

「不會帝國今年流行到北辰考試吧？」驚訝過後，有奕巳問。

「我想只是情況特殊。」

「那慕梵呢？」

「殿下更特殊。」伊索爾德苦笑道：「他一直很孤僻，尤其是大王子戰隕後，脾氣就變得更古怪了。前一段時間，因為一些糾紛，他甚至差點當眾殺死星鯨家族的一位嫡子。」

這時候有奕巳並沒有注意到，在提起戰死的大王子時，伊索爾德的語氣格外地尊敬。

「這麼聽起來，他們兄弟感情不錯？」他摸了摸身上竄起的汗毛。世人都知道當年大王子慕焱是死在萬星家族手裡，看來他以後得離那個慕梵遠一點。

「長兄如父吧。」伊索爾德淡淡道。

「既然如此，為何你不同慕梵一樣考守護學院，而是考星法學院？」有奕巳又問道：「據我所知，帝國又沒有星法體系，你們信仰的不是海神嗎？」

「是的，帝國信仰海神，但是我卻覺得共和國的星法體系很特別。能通過一部法典來發揮作用遏制犯人，你不覺得很有意思嗎？」伊索爾德眼中冒出求知的欲望，「我剛開始聽到時，就想神明的力量也不過如此。」

正如伊索爾德所說，在銀河第七共和國，掌握星法典的執法者，異能是與眾不同的。他們不像一般異能者那樣主修戰力，而是主修精神，特殊之處就在於，壓制和剝奪兩種能力。

壓制，是屬於檢察官的異能，專門克制犯罪者的能力；剝奪，是由法官剝奪走犯罪者的異能。

一旦被終身剝除異能，就和廢物沒兩樣了。

比起剝奪，壓制的能力似乎不值一提。然而剝奪只能在犯人被控制後使用，使用條件十分苛刻。壓制卻可以隨時隨地使用，使對方無法反抗。

簡單地說，一個優秀的檢察官，可以壓制甚至控制任何異能等級低於自己的人。因此在戰爭時期，檢察官們也往往被派往戰場任職督軍，監管軍隊的紀律。甚至有傳言，高等級的檢察官的能力能對亞特蘭提斯人發揮作用。

「聽說這兩項能力，是隨著對星法典的掌控而增強。一部法典竟然能發揮神石那樣的功效，不是很神奇嗎？」伊索爾德所說的神石，是亞特蘭提斯帝國的聖物，相傳就是它使得亞特蘭提斯人一步步進化，走到了今天。

「我不覺得奇怪，這只是一種知識。」有奕巳淡淡道：「掌握知識本就會改變人的精神，異能也只是精神力量的一種，有什麼不可能？歸根究柢，發揮作用的不是星法典，而是法典所表達的內容。如果一個人迷信表象而忽視本質，就算他天天把星法典抱在懷裡，也不會有半點效用。」

「你果然很有趣。」饒有興致地打量著有奕巳，伊索爾德笑說。

「一般般，我比較謙虛。」

伊索爾德大笑不止。

就在兩人閒聊時，登記終於結束。

「明天早上進行筆試，為時三小時。下午進行異能測試，號碼接近的五位考生互相組隊，具體測試內容當天再通知。」

廣播下來，眾人一片譁然，筆試和異能測試竟然同天進行，完全不給人歇息的機會。

「戰場從不給人餘地，想進入軍校，就要習慣這些。」登記員黑著臉留下這句話，轉身就走。

「喂，他這麼有個性，應該很符合你的品味啊。」有奕巳對著伊索爾德聳肩。

伊索爾德無奈苦笑。

「看來今晚不能好好睡一覺了，筆試大概不會太簡單。」

「當然不會簡單，不過我覺得臨時抱佛腳也不會有太大用處。伊爾，你晚上有空嗎，跟我一起在主星上逛一圈怎麼樣？」有奕巳慫恿道：「聽說這裡晚上有軍艦巡遊，可以在星港看到北辰艦隊。接著我們還可以去酒吧，近距離接觸英姿颯爽的北辰美女。」

伊索爾德猶豫：「可是還有筆試……」

「放心吧，以你的能力，筆試肯定不成問題！不如今晚好好放鬆，才有精神準備明天下午的異能測試！」有奕巳拉著新朋友的胳膊，就這麼把人帶走了。

他渾然不知，不遠處有雙黑眸將一切收入了眼底。

第四章 潛龍在淵（四）

CHIEF PROSECUTOR OF THE GALAXY

慕梵的眉頭自踏上北辰主星後，就沒有放鬆過。

他一直盯著那兩個身影遠去，眸光漸漸銳利。

「殿下，住宿已經安排好了，您隨時都可以休息。」書記官走上前。

「梅德利。」

「是，殿下。」

「海因里希家的那個伊索爾德，今年也來考北辰了？」慕梵問。

梅德利詫異：「您看到他了？那就應該是了。聽說伊索爾德的異能多年未有進展，應該是來共和國尋找解決之法。」

自從帝國與共和國休戰後，亞特蘭提斯帝國也開始出現能使用異能的人，大部分都是貴族與新生兒。

這種情況持續了近百年。

有人說，這是兩個種族增加往來後、基因相互融合的結果。掌握了異能，對於亞特蘭提斯人也大有好處。

慕梵卻對此不屑一顧。

亞特蘭提斯人本身就有足夠強大的能力，再使用異能不過是錦上添花，還不如專心於強大自身。同時他的觀點，也是自恃強大的亞特蘭提斯人的主流觀點。

當然，對於伊索爾德這種不能使用種族力量的類型來說，也只有發展異能這條路了。但是在帝國，異能遠遠不如在人類之中受重視，伊索爾德的遭遇，可想而知。

「用一個棄子來監視我，被剷除也不會心疼，海因里希家算得真好。」慕梵道：「盯著伊索爾德，順便查查跟在他身邊的那個人類。」

「是。」

另一邊，有奕巳還不知道自己已經被當成伊索爾德的跟班，他正為即將到來星艦巡遊，興奮得不能自已。

每當北辰主星自轉十圈時，駐守主星附近的幾支巡邏艦隊便會輪流返回主星修整，北辰主星上的民眾就有機會看到艦隊浩浩蕩蕩返航的場面。今天正好是北辰第三艦隊的返航日，也是有奕巳第一次有機會，近距離觀察這個名揚宇宙的艦隊。

他和伊索爾德占據了星港的最佳觀測點，身旁都是聞訊而來的民眾。

「這邊，伊爾！」

有奕巳眼疾手快地占了一個位置，把伊索爾德拉了過來。

「這裡人多，你別走散了。」

伊索爾德苦笑不止，「共和國果然人丁興盛。」他剛才走在人群中，差點被擠成魚乾。

「那是你還沒見過更熱鬧的場面。」有奕巳朝他擠著眼，「想當年我在學校食堂排隊時——」

旁邊有人打斷他們。「噓！安靜！艦隊回來了。」

有奕巳和伊索爾德聞言，齊齊轉頭。

只見數萬里的高空上，一道小口裂開，接著越變越大。從裂口處能窺見一片黑色，濃稠翻滾，似有巨獸要從破洞裡掙扎而出。

這是主星大氣層外的防禦裝甲，為迎接歸來的艦隊而開了通道！

一個滿員的艦隊，標準配備是兩百零五艘星艦、一艘旗艦和兩艘副艦。標準星艦可以承載一支滿員的作戰團，包括三個普通班、一個騎士班、一個機械維修班及一個後勤班。除了軍隊人員外，它還搭載各式中遠程武器，以及配備足夠進行數十次星際跳躍的能量。

這樣的一艘星艦，往往得有兩百星里長、五十星里寬，相當於十個足球場那麼大，而旗艦更是有上千星里的長度。在這樣巨大的宇宙怪物面前，人類渺小得如同塵埃。

此時出現在有奕巳面前的，就是上百艘這樣的龐然大物！

最初，它們只是從天空打開的防禦裝甲內透出一個尖尖的艦頭，就像是一隻輕探出吻部的巨獸。

特地為艦隊打開的通道周圍，空氣紊亂地流動著，星艦破開空間維度的能量還沒有完全散去，光線在附近扭曲折疊，形成一幅奇異的畫面。

接著，星艦慢慢探出全身，漆黑的隔熱軀殼從外太空一點一點地擠進大氣層內，在第一艘旗艦進入主星後，數百艘星艦依序進入。乍看之下，一片黑壓壓的宇宙怪物緩慢而有序地在天空中移動，厚重的壓迫感迎面而來，堵得人難以呼吸。

半個天空都被這些黑色怪物們遮蔽住，而身旁的北辰人卻發出興奮的歡呼聲。對敵人來說，這些黑色艦隊宛如死神；對於北辰人，那是他們的親人！

有奕巳看著星艦逐漸逼近，有些困難地吸了口氣。

「這就是……」

「北辰艦隊。」

伊索爾德接過他的話，嘆了口氣，「親眼看到這一幕，我總算明白，為何當年帝國與人類激戰百年，依舊僵持不下。」

有奕巳回頭看著他。

「我們的確擁有更強健的肉體和力量，但是人類的科技、星法典和異能，無時無刻不在進步。你們擁有得比我們少，卻創造得比我們多。」

有奕巳笑一笑，「可是人類也打不過你們，知道為什麼嗎？」

「為什麼？」伊索爾德問，他想聽聽這個少年會怎樣回答。

有奕巳把視線投向北辰第三艦隊的旗艦，靠近艦尾的位置刻畫著北辰艦隊的艦徽——一隻展翼雄鷹，是銀河第七共和國軍部的標誌。

在數百年前，北辰所有的艦隊艦徽都是十字星芒——那是「萬星」的家徽。

「因為人類更喜歡把智慧用在內鬥上。」有奕巳垂下眼眸，「有時比起外敵，他們更怕自己人。」

「也許吧。」伊索爾德眼神複雜，「但不是只有人類才有這樣的困擾……」

「什麼？」

「沒什麼。」伊索爾德勉強笑笑，對有奕巳道：「看過艦隊了，現在要去酒吧嗎？」

「去，當然要去！」有奕巳轉身就走，「我長這麼大還沒見過幾個美人呢，去洗洗眼睛也好。」

伊索爾德調侃他，「就算你不把自己算進去，難道我也不算嗎？」

有奕巳笑，「伊爾你美雖美，但肯定不是那麼好相處的類型。再說，我絕對不會找亞特蘭提斯人當伴侶。」

「為什麼？」伊索爾德故意問。

「因為你們會變身啊！萬一興致正好時，突然變身成龐然大物，我不死也掉半條命，實在不敢想像人獸的場面……」

「哈哈，蕭奕巳，你果然很有趣！」

「彼此彼此。」

兩個年齡相仿的少年調笑著走遠。在他們身後，幾百艘星艦正緩緩駛入軍港。主星的防禦裝甲逐漸併攏，被時空能量引起的亂流也平靜了下來。

然而，無人知曉的波瀾才剛剛開始。

和伊索爾德在酒吧裡鬼混到半夜，隔天有奕巳帶著一副黑眼圈前往考場。檢察官候補與法官候補的考試地點不在同一處，伊索爾德送著這個有些宿醉的傢伙到門口，放心不下。

「就勸你不要喝那麼多了，你這個狀態還能考試嗎？」

有奕巳勾起嘴角，「你這個問題很好……嗝……之前我也這麼問過自己……嗝……什麼來著……」他搖晃著身體。

「我問……自己，既然來到這裡，究竟能做到哪一步、能走多遠？」有奕巳半瞇著眼。

「然後呢？」伊索爾德認真地看著他。

「當然就要做到最好。」有奕巳甩開他的手，搖搖晃晃地站直，「好不容易活一世，就要當最出色、最成功的那個人。伊爾，你說我要是不做些什麼，怎麼能讓這個時代記住我，讓星辰銘記住我的名字？」

他說這些話時，眼瞳裡醞釀著某種情緒，是不甘，是希冀，也是野心。

落。

伊索爾德靜靜地看著他，有一瞬間，他覺得這番話戳中了自己心中最隱蔽的角

作為海因里希家族唯一不會變身化形的星鯨，伊索爾德從小承受了很多排擠、非難和冷落。然而，這些並沒有打消他心裡最深處的希望。

伊索爾德想，既然自己能使用異能，也許早晚有一天，可以做到其他亞特蘭提斯人都無法做到的事。

到了那一天會如何呢？是像眼前這個人類少年說的那樣，讓時代和整片星辰都銘記自己的名字嗎？

「蕭……」伊索爾德正要出聲喊他。

「笑話！誰不想成功，但是隨口說說就能實現嗎？」一個聲音在他開口前打斷了他。

兩人回頭看去，一個衣裝整齊的少年穿過人群，走到他們面前。

「榮耀不會從天而降。」對方用輕視的眼神打量著身上還有酒氣的有奕巳，「幸運女神更不會光顧一個不知進取的廢物。」

「哦，廢物是在說誰？」有奕巳站直了身體，看著眼前的陌生少年。

「當然是在說你！」少年哼了一聲，「哼，你的異能等級連二級都沒有吧？」

有奕巳收起笑意，這個人能一眼就估算出自己的異能等級，不是一般人。只是

對方還算錯了一點，他有奕巳不是二級異能，而是零級。

「是又如何？」有奕巳笑問：「北辰有規定，二級以下不能來考試？」

「的確沒有，但是既然先天不如人，為何不好好努力以勤補拙？」對方鄙視他，「天資不足，還有心思玩樂，我可不認為這樣的人會有什麼出息。依我看，對外開放考試本身就是錯誤，即使像你們這種不思進取的人考進了軍校，到最後也只會像當年的萬星一樣，落得……」

有奕巳瞳孔微縮。

「你的名字。」

「什麼？」對方詫異。

有奕巳斂起眼中厲芒，揚起笑容，「聽君一言話，勝讀十年書。閣下的教誨令我幡然悔悟，這就決定回去奮發圖強。為表感激，還望告知尊姓大名。」

「我、我叫沈彥文。」不諳世事的少年，就這樣被有奕巳突然轉變的態度弄糊塗了。

「沈彥文同學，好好考試。」有奕巳露齒一笑，「考試結束後，如果我有幸能被錄取，還請繼續賜教。」他瀟灑地一揮手，留下滿臉困惑的沈彥文和伊索爾德，進了檢察官候補的考場。

「你的朋友個性一直都這樣嗎？」沈彥文轉身問伊索爾德。

伊索爾德聞言，朝他溫文一笑，「大概是吧。」

上一次他見有奕巳笑成這樣，是在登記處整治大個子的時候。他有預感，又有人要倒楣了。

伊索爾德卻怎樣也沒想到，有奕巳會弄出那樣大的場面。

就像有奕巳日後常說的一句話——

人不犯我，我不犯人；人若犯我，斬草除根。

開始筆試後，考場便安靜了下來。

筆試時間為三小時，大部分人都只用了兩個半小時來作答。分數在交卷後五分鐘就會出爐，因此幾乎所有人都在考場外等待成績。

伊索爾德結束考試時，已經有一小部分人提前考完。這些人正聚集在大螢幕前查看分數，他正要邁步，卻聽到一陣喧鬧。

「不可能！」

「是評分系統出了紕漏嗎？」

「守護學院今年的題目有那麼簡單？」

「誰說簡單！你自己去考考看，超級爆難好嗎！」

等伊索爾德走到人群中，才聽清楚他們在爭執什麼——有一名守護學院的考生分數太高，驚嚇眾人。

筆試滿分六百，這個兩百八十九號的考生竟然拿了五百多分。要知道因為出題限制，得到四百以上就算高分了。這個分數，早已打破了以往紀錄。

兩百八十九號？

伊索爾德想，號碼與自己這麼接近，應該會在異能測試時分在同一個隊伍裡。守護學院的人向來四肢發達、頭腦簡單，這次難得分配給他們一個聰明戰友，蕭奕巳應該會很高興。

他這邊正想著，就聽到人群又發出了驚呼。

「又一個五百九十……九，五百九十九！」

「我沒看錯吧？」

「系統肯定壞了！」

「這是幻覺！我要去重新配一副納米眼鏡！」

「竟然還是星法學院的成績，那邊考題更難啊！」

「是幾號考生？」

「兩百八十八！」

伊索爾德的脖子僵硬地轉過來，抬頭看著螢幕上鮮紅的一行字——

兩百八十八號考生，星法學院，五百九十九分。

伊索爾德突然替那位痛斥有奕巳的少年默哀起來。有些人發起瘋，十艘星艦也攔不住的。

半小時後，考試全部結束，考生們還沉浸在兩個高分者所帶來的震驚中，伊索爾德早早守在考場外，總算在人群快散光時逮住了有奕巳。

「終於找到你了！」伊索爾德壓低了聲音，「那分數是怎麼回事？還有你成績出來得這麼早，人跑哪去了？」

「分數？嗯，有點意外，扣了一分。」有奕巳一臉沉痛，「剛才我就是為了這一分去和教授們理論。明明是我的回答更準確，他們竟然不肯還我分數，說什麼考慮到程式已定，分數不可更改……這些冥頑不靈的老頭！」

「……」

伊索爾德覺得，自己的腦迴路和這傢伙大概不在同一條線上。

「試卷我也做過，今年的題目可以說比往年都難。」只得了四百五十分「低分」的伊索爾德問：「你究竟是怎麼得到這麼高的分數的？」

「很簡單。想聽嗎？靠過來。」

有奕巳一臉神祕地對湊過來的伊索爾德，露出八顆白牙，「因為我是星際無敵超級天才，不要羨慕，羨慕不來。」

伊索爾德聞言，好想砍人啊。

無論過程如何驚心動魄，北辰軍校的筆試就這麼過去了。筆試結束後，所有人開始馬不停蹄地準備下午的異能測試。

在一間特地空出來的休息室內，書記官正給二王子殿下遞上剛整理出來的資料。

「這就是兩百八十八號，跟在伊索爾德身邊的那個人？」

慕梵拿起資料，看著第一頁上有奕巳微笑的那張照片，數秒後，評價道：「我不喜歡他。」

書記官暗道，搶了您風頭的人，您當然不喜歡。

慕梵看著照片上的有奕巳，少年微笑得體、表情開朗、容貌精緻，黑色的短髮配上黑色的眼瞳，整個人顯得乾淨而帥氣。然而，就是這樣一個任何人初見都會心生好感的容貌，卻讓他喜歡不起來。

他不喜歡他的眼睛。

黑色的眼瞳，眼角輕微地從下往上挑，彷彿要勾進人心裡。記得曾有人對自己說過，這樣的人大多冷情，而偏偏也是這種人，會讓很多人明知是陷阱也甘願陷進去。

那雙黑眸看得慕梵不適，他把資料扔到一邊，不想再看第二眼。

「殿下，伊索爾德是兩百九十號，下午的異能測試您會與他們分在同一組。」

書記官梅德利有些憂心道：「這麼巧合，會不會是什麼陷阱？」

慕梵搖頭，「真想針對我的人，不會做這麼明顯的陷阱。真正的手段，應該藏在背後。」

「也就是說，下午的測試真的會有人針對您？那豈不是很危險？殿下，不如我們放棄……」

「梅德利！」慕梵冷喝一聲。

那雙如淵的眸帶著凌厲的目光掃來，似乎要將人凍入冰窟。

直到書記官被盯得後背都濕透了，慕梵才收回視線。

「不要再說這種話。」他低下頭，輕緩地摩挲著掌心。「既然惡狗要咬人，就讓他們張嘴試試。還是你以為，我會讓這些讓出籠的畜生完好無損地回去？」

「……是我僭越了，殿下。」

「不讓他們試一試，怎麼能讓他們知道，盯上的獵物是不能覬覦的？」慕梵說：「你就如往常那樣安排，測試的事，我自有準備。」

「是。」

慕梵閉上眼睛小憩，而在他手邊被丟在一旁的資料上，少年微笑得體。誰都不知道，一次將改變整個星際命運的相遇，即將發生。

「阿嚏！阿嚏！阿嚏！」

有奕巳連打了好幾個噴嚏，感覺肺都要噴出去了。

「你沒事吧？」許多多擔心地問。

「水土不服？」伊索爾德道。

「……我有不好的預感。」有奕巳摸著鼻子，沉重道：「在這場測試裡，也許會發生我不想看見的情況。」

「看來你的預感很準。」伊索爾德調侃，「瞧，你不想見的人已經來了，要和他打個招呼嗎？」

有奕巳抬起頭，就見一個眼熟的少年正大步流星地走向他們，眼中冒火，直盯著有奕巳胸口的號碼牌。

「兩百八十八號？」

「呃，是的。」

「五百九十九分？」

「也對。」

「你耍我嗎！」沈彥文憤慨地指著有奕巳，「把別人的尊嚴踩在腳底下很好玩嗎？你現在是不是很有成就感！」

許多多緊張地看著兩人。伊索爾德則等著看好戲。

有奕巳一愣，「還好吧，不過還是有一點點爽到。」

眾人無語了。

「這本來就是我的實力，其實也沒什麼，不如說提前曝光了底牌，成為眾矢之的，我現在感到很為難。」有奕巳嘆了口氣，看著面前的少年，「你要對我負責嗎？」

「我對你負責？那誰對我負責？」沈彥文紅著眼道：「整個考場的人都知道我對最高分的人做了多麼可笑的事！我就是自取其辱、被人恥笑的傻瓜！」

有奕巳無奈地道：「我也不想把事情鬧成這樣的，實在抱歉。」

「……」沈彥文喘了口氣，以為他要道歉，誰知道眼前這個不要臉的人又繼續說話。

「只怪教委會的老人們沒有給我滿分，不然你就是史上第一個嘲笑滿分的人了。要知道，敢做別人不敢做的事，往往都會被後人崇拜。」

「蕭、奕、巳！你給我等著！」沈彥文氣狠了，轉身就走。

「你要去哪？」有奕巳問他，指了指他胸口，「兩百八十六號，你不是我們隊的嗎？」

「我去死一死！」

沈彥文一眼都不想再看到這個討厭鬼了。

直到他的背影消失在人群中，有奕巳還在呵呵笑，「其實他傻得有點可愛，和你有得拚，多多。」

許多多懵懂地回：「是嗎？謝、謝謝……」

在場之中，只有伊索爾德看不慣這個囂張跋扈的傢伙，「你已經用分數打了他的臉，就不能留點面子給他嗎？」他繼續解釋：「沈家算是北辰星系的大家族，你這樣可能會惹上麻煩。」

「我知道，萬星麾下的七將之一沈家嘛，當年可是赫赫有名。」有奕巳意有所指道：「而且我也只是調教他而已。我有欺負他嗎？多多，你說。」

許多多在說實話和順從偶像說反話間兩難。「我、我不知道……」

看著又在「欺壓弱小」的有奕巳，伊索爾德頭疼地嘆了口氣，「你的脾氣簡直和慕梵殿下有得一拚。」

有奕巳摸索下巴，「說到慕梵……」

「嗯？」

「伊爾，你幫我看一下，那個正往這邊走來的不明發光體，是不是你們的燈泡王子？」

伊索爾德循聲而望，只見那正邁著大長腿向他們走來的人，不是慕梵又是誰？

如摩西分海一樣越過人群的二王子走到三人面前，目光在伊索爾德身上停留了一瞬，便看向有奕巳。

「兩百八十八？」

「兩百八十九？」

「五百九十九？」

「五百零一？」

兩人進行了一場簡單而友好的交流。須臾，燈泡王子伸出右手。

「慕梵，你的隊友。」

「蕭奕巳。」有奕巳咧嘴一笑，伸手握住。「你的隊長。」

半秒後他又加了一句。

「隊長頭銜，分高者得。」說完還自信地勾起嘴角。

第五章　見龍在星（一）

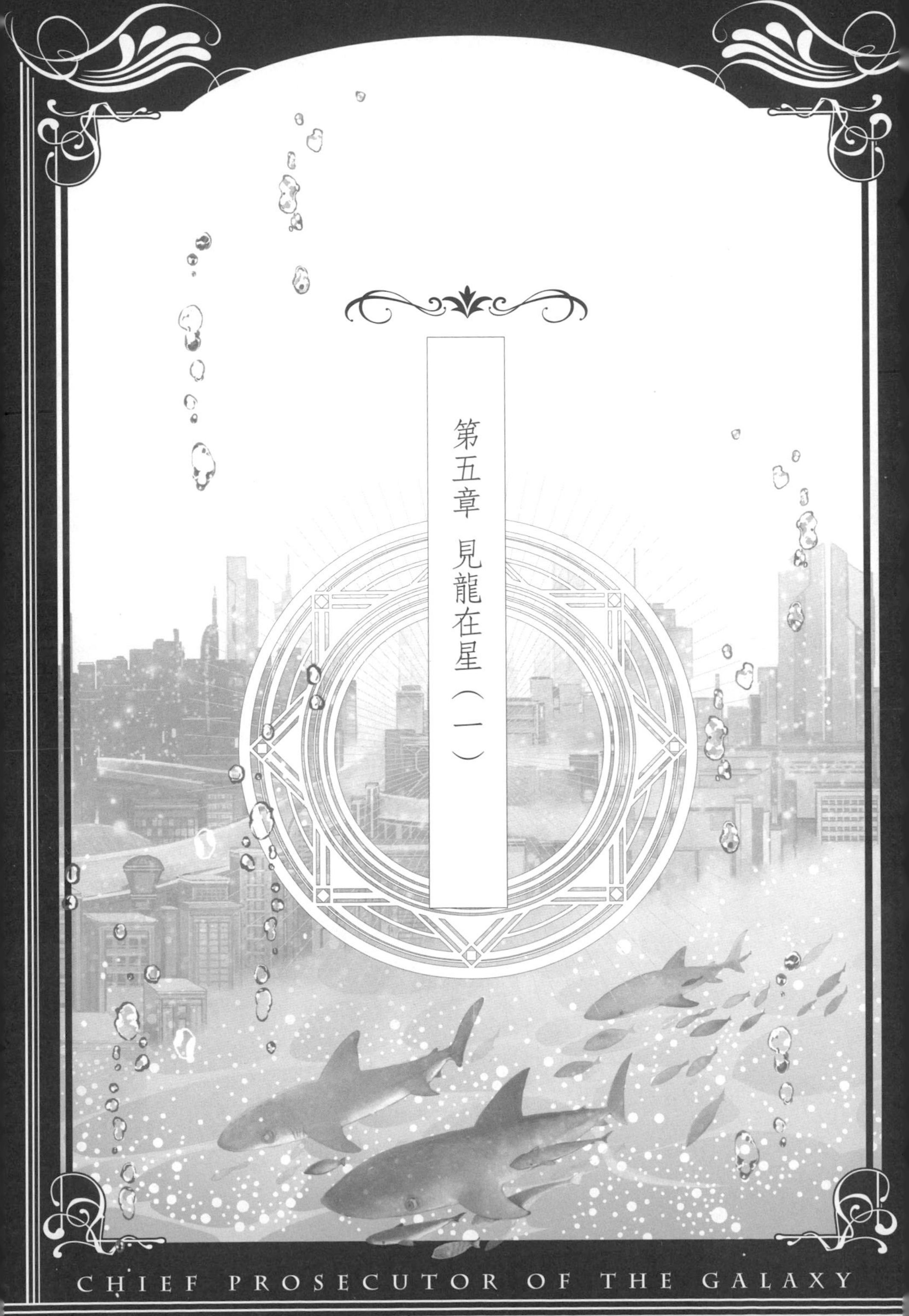

聽到這句話，慕梵有些意外地挑了挑眉，眼睛微微瞇起，第一次如此專注地看著一個人類。

在此之前，他從沒遇過像有奕巳這樣的人。不卑不恭的人慕梵見過，但那些人不是防著他，就是想算計他。像有奕巳這樣既不卑不恭又沒有預謀的人，反而顯得有些奇怪。

更難得的是，此人還主動挑釁他。

他真的清楚自己的身分嗎？還是說即便他清楚，也不把這身分放在眼裡？

就在慕梵打量有奕巳時，有奕巳內心正恨不得給自己一巴掌。

讓你嘴賤！成功引起人家注意力了吧，看你以後怎麼脫身！

有奕巳其實並不打算主動惹是生非，只是一看到這位亞特蘭提斯二王子，不知怎的，身體裡的叛逆基因頓時冒了出來，鼓著勁地想和對方叫囂。

慕焱死於萬星之手，可萬星何嘗又不是隨著亞特蘭提斯大王子一起殉葬？

這兩個家族間的恩怨，可不是誰是誰非那麼簡單。

「咳咳，殿下。」關鍵時刻，還是伊索爾德出來打招呼，「沒想到您竟然與我們一隊，這是我等的榮幸。」

「伊索爾德·海因里希。」慕梵回頭看他，嘴角掛著一絲莫名的笑意，「貴兄長身體可還安好？」

伊索爾德無語了。

那位兄長，正是海因里希家族被這位殿下揍得不能生活自理的嫡子。如今肇事者主動向受害人家屬詢問情況，語氣裡卻聽不出一絲歉意，反而像是如果你不乖乖聽話，也會落得那個下場之類的威脅。

有奕巳一挑眉，擋在伊索爾德身前，「殿下看起來精神十足，想必對稍後的測試充滿信心吧！那麼，再給殿下加點負擔也不是問題吧？」

慕梵看著那雙黑眸，有些不習慣地皺起了眉。

「負擔？」

「沒什麼，只是我們這裡有一個小小的問題。」有奕巳恬不知恥地指著自己，「鄙人不才，除了智商高一點，並沒有其他優勢。一會測試中如果遇上突發情況，我大概無法應付異能戰鬥，還望殿下能給個回護。畢竟我們是一個團隊，不是嗎？」

他露出一口白牙，友善地笑著。

「想必照顧一個拖油瓶，對您來說不成問題。」

慕梵靜靜地打量著他，「可以。但你準備付出什麼？」

他的聲音震動著喉結上下滑動，讓附近偷聽的少女考生們一陣臉紅心跳。

「這個。」有奕巳伸出右手，看著不明所以的慕梵，笑道：「在我的家鄉，這是定下誓約的意思。我與殿下約定，如果您在測試中助我一臂之力，測試中您遇上麻煩，我也必會不遺餘力地相幫。相信您也不會找到另一個五百九十九分的天才了，這交易不划算嗎？」

慕梵雙眸暗了暗，誓約一旦立下，便不可違背。對於以星法典為信仰的人來說，契約等同於生命。

然而在亞特蘭提斯人來說，契約並沒有那麼強的約束力。有奕巳敢和他立契，到底是太過自信還是太過無知？

雖然這麼想，慕梵還是緩緩了伸出右手，問：「怎麼立契？」

啪！

有奕巳輕鬆地一掌擊上，掌心相對。

「這樣就契約成立了。」

看著對方收回手，慕梵感受著掌心被擊打的麻癢感。鯨鯊向來皮粗肉厚，痛感神經十分不發達，但不知為什麼，那微微帶著疼痛的麻癢，卻一直從他手掌蔓延到心頭。他定定看了有奕巳好一會，才收回視線，走到另一邊站定。

看見偉大的燈泡王子不打算再和自己說話，有奕巳一臉志得意滿地走向許多多和伊索爾德，「大功告成！這樣我們的勝算又多了一些。」

「奕哥竟然連慕梵王子都能說服，你好厲害！」許多多眼冒金星。

伊索爾德則是微微皺起眉，「這立契未免太草率了。你自保不足，殿下他本身也……這一行不會太平。」言下之意，有奕巳戰鬥力不足，慕梵註定麻煩纏身，他這是沒本事又惹上了一身腥。

「我明白，所以我只跟他說在測試中互相幫助。」有奕巳摟過伊索爾德的肩膀，「你放心，我不會沒事自找麻煩。測試結束後，會立刻離他遠遠的。」

「是嗎？」伊索爾德卻不太相信，他的目光越過有奕巳肩頭，看著獨自占據一個角落的慕梵。

事情真的會像有奕巳想得那樣進行？

每個人心裡都在想著各自的問題，而沒等他們想明白，十分鐘後，主考方便宣布測試即將開始。

「異能測試即將開始，請各位按照號碼尋找自己的隊伍。半小時後，我們會把所有人都送到另一顆星球上，測試會在那裡正式開始。」

聽到通知，許多多連忙向兩人告別，返回自己的隊伍，他是一千多號，沒有和有奕巳同隊。

有奕巳他們等了半天，也不見最後一個隊友出現。

「兩百八十七號，看名單應該是守護學院的考生，怎麼還沒到？」不知何時返回的沈彥文皺著眉。

伊索爾德問：「殿下，您與兩百八十七號碼相近，又同在守護學院，對這位考生可有印象？」

慕梵乾脆地回答：「沒有。」

對於無關緊要的人，他才不會花時間注意。

「那我們還要再等嗎，要不要去找校方問問看？」沈彥文有些著急。

「別去。」一直沒出聲的有奕巳開口，「人不會來，再問也沒用。」

「你什麼意思？」沈彥文質問道：「難道你知道些什麼？」

有奕巳沒說話，只是看了慕梵一眼，就把視線移開。

倒是慕梵對此感到有些意外，這人猜出了原因，卻不打算說明，是因為考慮到自己嗎？

沒錯，慕梵和有奕巳都猜到了，這位兩百八十七號考生的無故失蹤，大概和慕梵脫不了關係。當然，並不是指他對那名考生做了什麼，而是幕後黑手開始行動了。

但是和燈泡王子自作多情的想法不同，有奕巳沒有揭穿，純粹只是不想破壞隊伍裡的氣氛。

沈彥文一回來就對兩個亞特蘭提斯人橫眉豎眼，再說出這種猜測，只會讓他更加怪罪慕梵。到時候，隊伍還能不能齊心協力？

看著一臉冷傲的慕梵、若有所思的伊索爾德，還有氣憤又迷茫的沈彥文，有奕巳長嘆一聲，當隊長煩惱真多啊。

等待時間結束，兩百八十七號考生終究沒有出現，這意味著有奕巳他們要以四人隊伍參加測試。

「第五十八小隊，隊長蕭奕巳，隊員……你們只有四個人？」

登上穿梭艦時，負責點名的指導老師錯愕地看著他們。

「是的，老師。」有奕巳一臉好學生笑容，「有位隊員來不及趕來，真是抱歉。」

「這樣對你們有點不利啊……」指導老師有些可惜，隨即又驚呼：「兩百八十八號，你就是那個考到滿分的學生蕭奕巳？」

蕭奕巳這個名字，已經在這次考試中傳出名聲了。

「沒有，還差一分才滿分呢，老師。」有奕巳謙虛。

「嘖嘖，好孩子！」看著謙虛又有天分的有奕巳，這位老師起了愛才之心，壓低聲音說：「一會在三號衛星上的比賽，記得離其他隊伍遠一點，離水域也遠一點。」

有奕巳眼睛微微一亮，一本正經道：「謝謝老師熱心鼓勵，我們會努力的！」他彷彿什麼都沒聽到，和指導老師相視一笑，從旁走過。

跟在他後面的三人，呆愣地凝視著他瀟灑的背影。這種靠臉就可以增加好感度的作弊技能，究竟是從哪練來的？

直到四人進入艦內分配的房間，沈彥文才迫不及待地問：「那個人剛才說的話是什麼意思？遠離其他人、遠離水域，是什麼暗示嗎？喂，你不要一進來就上網好不好，現在是玩的時候嗎！」

打開星腦的有奕巳頭都不抬，回道：「動動腦子，笨蛋。」

「你——！」沈彥文差點氣得跳腳，還是一旁的伊索爾德即使拉住了他。

「別打擾他，他在忙。」

「什麼資料都沒有，有什麼好忙的！」沈彥文甩開伊索爾德的手，白了一眼。

「三號衛星。」

一直不與眾人多話的慕梵突然開口，「北辰星系一共有三顆恆星、六十八顆行星，以及一百零三顆衛星，其中衛星全部以北辰犧牲的將領名字命名，並沒有以數位命名的衛星。」

「所以老師說的三號，不是指真正的名字，而是一種順序。星系探索時代第三顆被發現的衛星、離主星距離第三近的衛星，以及以第三個犧牲的將領命名的衛星……都有可能是他說的『三號』。」有奕巳深吸一口氣，闔上光腦，「這麼算下來，就有十三個可能。」

「那有說和沒說有什麼差別？」沈彥文疑惑道。

「對一般人來說，十三個候補和一百零三個候補，的確沒有什麼區別。穿梭艦飛行的短短時間，不會給他們足夠時間去記憶住這十三個星球上的所有資訊。」有奕巳故作憂愁道，「真是煩惱啊，提供資訊的老師也是在考驗我們呢。」

慕梵看著他，篤定道：「但你能記住。」

「沒錯。十三顆衛星上的所有生物地理資料，附近的氣象情況，以及最近的登陸紀錄。」有奕巳微微一笑，回望著他，指了指自己的腦袋，「都記在這裡了。」

「你、你你你……還是人嗎？」被對方驚人的記憶力震驚，沈彥文一時有點口吃。

有奕巳勾起嘴角，謙虛道：「除了長得帥一點，我還算是個正常人類。」

沈彥文簡直快被有奕巳厚臉皮的程度嚇傻了，這麼會誇讚自己的人，真是第一次見到。

「在那麼短的時間裡，你真的記住了這麼多資料？」他有些懷疑道：「要不要再看一次？」

「請不要拿常人的智商來衡量天才。」有奕巳回。

滿分！說好的還差一分呢？剛才面對指導老師時的謙遜去了哪裡？這個雙面人！

沈彥文心底狠狠吐槽，但是吃過一次教訓的他卻不敢再輕易懷疑有奕巳，否則再被打臉，就更不好受了。

「叫我們小心其他隊伍和水域……伊索爾德摸著下巴猜測，「難道這次的異能測試，是隊伍與隊伍間的對抗？」

「不，應該是陣營與陣營間的對抗。」有奕巳補充道：「一千多位考生，分成兩百多個小隊，場面肯定不易控制。我大概，最有可能的是將多個隊伍分成幾個陣營，對抗在陣營間進行。」

伊索爾德細細思量，「的確，這樣更容易組織起對戰，也不容易混亂。」

慕梵不動聲色地掃了有奕巳一眼，摸索著掌心的手指微微停頓下來。這個人類的能力，有些超出他的預料了，與其讓這樣的人成為敵人，還不如……

鋒銳的指尖劃過掌心，留下一道血痕，慕梵漫不經心地將血痕撚去，揉碎在指尖，彷彿什麼都沒有發生。

有奕巳頓覺後背發涼，怎麼回事？

他微微別過頭，只是慕梵面無表情地站在那裡，便將那一瞬間的感知拋之腦後，繼續道：「無論是陣營對抗還是隊伍對抗，我們要做的就是提高小隊分數，盡量保證每個人都能活到最後。關於這點，我有以下幾個提議，想聽一下你們的意見。」

雖然擔任隊長身分，有奕巳在陳述策略時，總是忍不住多看慕梵幾眼。畢竟這位身分不同旁人，能聽從自己安排嗎？

像是注意到他的視線，靜坐一邊的慕梵抬起頭，微揚下巴，「分高者勝，你決定。」

不知為何，這平靜無波的語氣，讓有奕巳產生了一種自作自受的不祥感。

「……基本上就是這樣。」大致陳述一番，有奕巳說：「我不確定到時候的具體情況，只是萬一落單，就按照我說的方法集合。自己單獨一人時，沒有把握，請盡量不要和其他隊伍起爭執。」

最後一句話，他是特地說給某位殿下聽的。

慕梵微微頷首，不置可否。

有奕巳鬆了口氣，「既然這樣，那我們……」

他話還沒說完，穿梭艦裡的廣播聲突然響起。

「請各位考生到登陸艙集合，請各位考生到登陸艙集合。」

幾人對視一眼，相繼出門。等他們趕到集合點時，已經有很多小隊聚集在此，地上整齊地擺放著裝備，有奕巳看見了，右眼皮一跳。

不會吧，千萬別是他想的那樣……

正在他暗自祈禱時，穿梭艦艦體一陣劇烈顫動，大約是進入星球大氣層時所引發的震動。

待顫動平靜後，廣播再次響起。

「請各位考生穿上空降裝備，準備空降，限時十分鐘。十分鐘後依舊留在登陸艙內的考生，視為放棄。」

幾乎同一時間，登陸艙巨大的艙口緩緩打開。呼嘯的剛風迎面而來，哪怕還隔著一道隔離門，依舊能讓人察覺到其凜冽氣勢。

「直接空降？」伊索爾德皺眉道：「這裡還沒到安全高度，未免太亂來了。」人體對高空低壓的承受能力是有限的，在沒有防護設備的情況下，肉體無法承受高空的嚴峻環境，極容易出現意外。

即便是擁有異能，不同異能等級對肉體的改造也不同。簡單來說就是，高級異能者能夠承受的環境，可能會導致低級異能者猝死。

當然，對於能適應各種極端環境的慕梵來說，太空環境都不在話下，這點高度自然不是問題。伊索爾德異能六級，早已突破了一般的肉體屏障，也無問題。即便是軍官世家出身的沈彥文，應付這種場合也不在話下。

唯一的例外就是——

所有人不約而同地看向了有奕巳。

「是是是，不好意思，我拖後腿了。」

那邊已經有考生穿上裝備跳下登陸艙，有奕巳見狀舉手，「我需要幫助，請各位小心地保護我這棵脆弱的嫩苗吧。」

「你天才的驕傲去哪了！」沈彥文忍不住吐槽。

「大丈夫能屈能伸嘛。」有奕巳咧嘴一笑，就向伊索爾德跑去，「伊爾，就拜託你了——咦？」

他還沒走到伊索爾德面前，就被人半路攔住。慕梵一把提起他，像拎小雞一樣，準備跳下雲層。

有奕巳嚇得大叫：「等等，先讓我穿上空降裝備！」

王子殿下不耐煩地給他套上了一個呼吸頭盔和一件特製背心。

「遵守契約。」

留下短短解釋一句，慕梵就拎著人一起跳下崖，不，跳出艙外。

驟降的恐懼感瞬間竄入每個毛孔。

啊啊啊！好高！好冷！混蛋啊！

有奕巳一路都在尖叫，幸好頭盔隔住了他的聲音，噪音絲毫吵不到慕梵。天生有恐高症的某人只能扯著嗓子發洩自己心中恐懼，看著兩人掠過一片片雲層下落。

接著，彌漫了整個地平線的濃郁綠意，出現眼前。

認出這顆星球的有奕巳，正打算和慕梵說一聲，卻不小心把腦袋湊到了對方耳後。

此時，他看到一對特殊的尖耳。是的，尖耳朵，而不是亞特蘭提斯人類似鰓的細縫，而是和人類幾乎一致的耳朵。

有奕巳看呆了，卻沒注意到摟著他的慕梵身體一僵，下一秒，某人就被「失手」

丟了出去。

去你的！有奕巳失聲驚呼。

一遠離慕梵，強風頓時呼嘯而上。就在有奕巳快被撕成碎片時，後面及時趕上的伊索爾德拉住他，幫他補了一層異能防護罩。

「怎麼回事？」同樣帶著頭盔的伊索爾德，通過內置的通訊系統詢問他。

「……你們殿下突然發神經把我扔了。」有奕巳吞下幾乎脫口而出的祕密，轉口道：「不知道在發什麼病。」

伊索爾德苦笑一聲，看著遠離他們的慕梵，銀髮被風吹動，如同雙翼展開。

「不要在意，殿下可能是心情不好。」

「心情不好？……不管了。」有奕巳回到主題上來，「你也注意到了吧，這顆星球是——」

「卯星。」沈彥文的聲音也在通訊器內響起，「以萬星最後一代家主命名，是倒數第三顆以戰死將士姓名命名的星球。離北辰主星相距一千三百星里，也是這麼多衛星中，唯一有著近乎完美生態體系的星球。」說完他瞪著有奕巳，「早知道這裡，我就不必指望你，靠自己就行了。」

「哦哦，聽起來你對這顆星球瞭解很多嘛，少年。說說看，是不是因為這顆星球的命名將領是你的偶像，你是不是很崇拜他？聽起來好厲害喔，萬星家族……」

有奕巳又開始嘴賤。

沈彥文狠狠瞪了他一眼，沒再說話。

沉默下來後，有奕巳轉而看向下方的慕梵，想起了剛才的一瞥。那個耳朵究竟是怎麼回事？亞特蘭提斯人有這樣的耳朵嗎？他瞅了身邊的伊索爾德一眼，忍不住撥了撥他頸部頭髮。伊索爾德一個顫抖，回以惱怒的眼神。

果然，伊索爾德是三道細縫，並沒有耳朵。

有奕巳想，不得了，自己是發現了慕梵什麼不得了的祕密了？不會被滅口吧？

被害妄想症患者還在擔心何時被王子暗殺，危機已不知不覺地逼近了。

「小心！」伊索爾德驚呼，拽著有奕巳躲過一道攻擊。

嗷！

鷹鳴從耳邊傳來，有奕巳只感到後背一涼，背心便開了一道大口。

「是戾鷹！小心，牠們會襲擊空中所有活物！」沈彥文認出了攻擊他們的生物。

戾鷹，卯星的特有生物，雙翅展開足有五尺，鷹爪尖利可破開金屬，是一種十分凶猛的飛禽。共和國異獸管理委員會，將其能力評定為與三級異能者相當，足見其不凡。

尤其此時幾人都在空中，身處對方的優勢領域。即便他們便有異能在身，一時也難以回防。

一擊不成，幾隻戾鷹回轉，醞釀著下一次攻擊。

「分散！」有奕巳大吼，「別讓它集中攻擊！」

幾人迅速分離，然而戾鷹似乎也判斷出最弱的對手，直接瞄準了有奕巳。

伊索爾德見狀，空出一隻手，凝聚著某種波動。然而還沒等他醞釀完畢，另一隻巨鷹來襲，從側面圍攻兩人。腹背受敵又帶著一個拖油瓶，伊索爾德情勢堪憂。

權衡之下，他低聲道：「抱歉。」

什麼？有奕巳還沒回過神，整個人已被扔了出去，高高拋在半空。

混蛋，你們都當我是球，隨便踢著玩嗎！

有奕巳正吐槽著，又被另一人接住。抬頭一看，他後頸直發涼。

嗚嗚，他寧願撈住自己的是戾鷹。

只見慕梵低著頭，冷冷地望著他。

第六章　見龍在星（二）

被人公主抱是什麼感覺？

有奕巳的回答是——很冷、很抖、腰很疼！

他正被慕梵抱在懷裡，這姿勢對兩人來說都有點不習慣。從有奕巳現在這個角度，可以看到慕梵下顎的弧線，線條強烈而輕微上揚。不過，他哪還卻心思欣賞美景？只敢乖乖地窩在慕梵懷裡不動。

誰叫他看見了不該看的東西呢？

有奕巳的空降裝備已經被戾鷹破壞，此時若是慕梵再扔他下去，他只能祈禱再重生一次了。

「嘿，哈囉，那個……」

正想化解兩人之間尷尬的氣氛時，慕梵一個換位，將他扛在肩上，躲過橫飛而來的一隻戾鷹。

有奕巳這才想起，兩人還在危險中。

有完沒完？這些鷹是多少年沒看見大活人，這麼死纏爛打！有奕巳被追得有些惱怒了。

他不想再當廢物拖油瓶了，他要當一個有貢獻的拖油瓶！

顧不得和慕梵之間的尷尬氣氛了，他拍了拍對方的肩膀，用手勢示意。

去那邊！

知道慕梵可以在空中自由行動，有奕巳才這麼提示他。

兩人從高空下降了快幾千尺，離地面不遠了。下面是一片密林，樹冠茂密，利於隱藏而不利於空中行動。把戾鷹引到那裡去，也許能找到機會反擊。

不知是看懂了有奕巳的眼神，還是本來就打算這麼做，慕梵扛著人變換了方向，往右下方的密林直墜而去。

有奕巳相信以慕梵的本事，安全降落不是問題。他只希望能把那幾隻戾鷹引誘過來，好替另外兩人減輕負擔。

不過，智商不低的戾鷹會這麼乖乖上當嗎？

果然，在發現兩人是在往密林方向去後，幾隻鷹明顯變得猶豫，不再緊追。

倒是追過來啊！追過來給你們好吃的肉！

有奕巳直瞪著後面的戾鷹，不斷祈禱，眼神幾乎把鷹翅燒出個洞來。不知冥冥之中某種力量在相助還是巧合，猶豫了一會，戾鷹還真的追著他們來了。

這麼聽話？

有奕巳受寵若驚，看著戾鷹們乖乖地追在後頭，他隱約感到有點不對勁，卻又說不上是為什麼。

沒等他仔細思考是怎麼回事，一陣巨響，飛速降落的兩人撞擊了密林樹冠層，落葉夾雜著樹枝，呼嘯著從臉龐擦過，劇烈刺痛！

噗通一聲，有奕巳屁股落地。

「啊——我的屁屁屁股——」

等他揉了兩下後才明白，自己被慕梵扔在地上。換句話說，他們著陸了！

那戾鷹呢？

他抬頭，天空中幾隻戾鷹繞著樹冠徘徊，很不甘心，但不知為何它們卻不敢降落，最後便悻悻地飛走了。

有奕巳鬆了一口氣，小心翼翼地聽著動靜，確定戾鷹是真的離開後才起身整理衣服。直到這時，他想起一件事——慕梵呢？

有奕巳左右查看，周圍除了茂密的樹木，再也沒有看見其他人。奇怪，這人還能憑空消失不成？

正琢磨著，右手臂突然一陣刺痛，有奕巳伸手一摸，觸感冰涼。他一愣之下低頭看去，一條有些眼熟的銀色生物正在他身後游動。

完美的弧度、有力的鰭肢、黝黑錚亮的雙眸、夢幻般的銀色光電縈繞周圍，這不是那天他在飛行機上看到的星鯨嗎？

不對，眼前這隻好像不太一樣。

在它偶爾張開嘴、對有奕巳做無聲撕咬動作時，可以清晰地看到它布滿尖牙，宛如鯊魚一般的口腔。

這是鯨鯊？

……不會是慕梵吧?!

有奕巳不敢置信地伸出手，攬住這隻漂浮在空中的迷你鯨鯊，還不到他手掌那麼大。

小傢伙似乎覺得被冒犯，啊嗚一口咬在有奕巳拇指上，留下淡淡的牙印，並沒造成質實傷害。

「慕梵？」

有奕巳小心翼翼地呼喚道。

小鯨鯊甩了個尾巴，背對著他。

沒錯了，那輕視眾生的眼神、不屑傲慢的姿態，就算是從人變成了鯨鯊，自己也不會認錯。

可是慕梵好好地怎麼會變回原形？而且還是這麼小的形態？

有奕巳看向四周叢林，難不成和這裡的環境有關？剛才戾鷹也不敢接近這裡，莫不是這裡有古怪？

密林內光線有些昏暗，只有借著慕梵身上的光芒，有奕巳才能看清一些。他瞅了迷你鯨鯊一眼，燈泡王子這個名號算是坐實了嘛。

當然想歸想，有奕巳還是不敢表露出戲謔，而是道：「這密林大概有問題，我們先出林再說好了。」想了想，又試探著問：「我拉著你？」以鯨鯊現在這個迷你身形，在叢林裡也不便行動。

小鯨鯊一聲不吭，任由有奕巳彎起雙手把自己捧住。

有奕巳便提著一個鯨鯊燈籠，在叢林探起險來。

越走他越發現，這個密林確實不太對勁。除了剛才的戾鷹，他竟然沒有再看到別的肉食生物。草食動物倒是有不少，可全都對兩人退避三舍，弄得有奕巳想抓一隻充饑都做不到。

如果是因為有強大猛獸坐鎮在此，也不至於肉食動物跑了，弱小的草食動物還留下吧？

有奕巳琢磨了半天，突然開口：「這森林是不是限制了你的能力？」

迷你鯨鯊幽幽地發著銀光，那光芒在有奕巳看來，似乎散發了一股怨念。不等對方回答，他就確信這個答案了。

之前聽說過卯星有一些祕境，環境奇特，只限制高級異能者的能力。看來傳言不僅是真的，而且這種限制對亞特蘭提斯人也有效。

限制高級異能者？有奕巳眼前發亮，不懷好意地想——太好了，可以好好利用一下！

正想著，手中的鯨鯊突然脫出他的掌控，騰飛到半空中。不過瞬息功夫，銀光大亮，有奕巳被刺激地閉上了眼。等他再睜開眼時，慕梵那張臉就在面前了。

王子殿下從空中穩穩落地，恢復了以往的淡定從容。

看來，這是走出限制範圍了。

慕梵盯著有奕巳，看得他汗毛直豎，就在他猜測自己是不是快被滅口時，慕梵突然莞爾一笑。

「你做得很好。」

「……」什麼？不是要殺他而是稱讚他？

慕梵撣去身上不存在的灰塵，走在前方。

「那密林限制了我部分力量，想必對其他人也是如此。」他說：「我們可以利用這一點，對付其他小隊。」

「我也是這麼想的。」見對方似乎打算故意忽略之前的事，有奕巳也配合地轉移話題，談起正事。「前提是，我們需要摸清它起作用的範圍，還要弄明白它究竟對幾級以上的異能有限制，得再多找幾個實驗品……」他突然沒了聲音。

慕梵看他說話說到一半突然停止，也不催促，只是靜靜地等待著。

好一會，有奕巳摘下連在頭盔上的通訊器，深吸一口氣道：「剛傳來了考試的通知，正如我們所猜，所有人被分成兩個陣營。

「不同陣營的小隊互相獵取對方的考號牌，賺取積分，最後只有積分一百以上、排名前四十的隊伍才會被錄取。」

一千多個人只錄取兩百人，十分殘酷。

「我們是藍方陣營。」有奕巳看著對方，「測試已經開始了。」

「獵殺嗎？」慕梵眸中露出一絲興奮，勾了勾嘴角。「正合我意。」

「在此之前，我想先找到伊爾和沈彥文他們。」有奕巳邊走邊道：「還不知其他隊伍是什麼情況，小心為上。看，前面是水源！」

兩人不知不覺已經走出了叢林範圍，來到一片開闊地區。開闊地帶的中心，是一座湖泊，碧綠的湖面倒映著恆星光芒，如同墜落於林間的寶石。

「指導老師提醒過我們遠離水域。」

有奕巳小心翼翼地靠近淺水區，用樹枝戳了下水面，「不知道裡面究竟有什麼？」他想再靠近一點探索時，內心突然升起一股極大的危機感，像是被最危險的野獸盯上，冰寒徹骨。他猛地起身，只看到慕梵立在身後。

猶如捕獵獵物的猛獸，慕梵悄無聲息地靠近，那雙深淵一般的眼中，一瞬間透露出的只有漠然與冷厲。

「怎麼了？」對上有奕巳的眼睛，慕梵露出一絲笑容。

「水有什麼問題？」

彷彿剛才的危機都是有奕巳的錯覺。

「不，沒有。」有奕巳不動聲色地遠離，後背卻已經濕透。

他差點忘了，慕梵是亞特蘭提斯的王子，還是骨子裡就帶有獸性的猛獸。這樣的人，被自己兩次三番看到弱點，真的願意一帶而過嗎？

有奕巳後退兩步，剛才感受到的那股恐懼感還遲遲未散。須臾，他慢慢收緊雙拳，黑眸中滿是不甘。

有奕巳咬緊雙唇，他一定要變強！

而另一邊，慕梵漫不經心地撿起被有奕巳丟下的樹枝，輕拿在手心。少年那白皙得近乎透明的頸部皮膚，彷彿還在他眼前徘徊。

下意識地，他舔了舔嘴中尖牙。

那一瞬間，真的很想咬下去試試。

經過這場危機四伏的插曲，兩人間的氣氛再次變得尷尬。有奕巳提高了對慕梵的防備，而慕梵卻像什麼事都沒有發生。不僅如此，他還真的像是要遵守契約，處處照顧著有奕巳。

「去別處看看吧。」他提議。

「嗯。」有奕巳小心地跟在他身後。

「這裡有懸崖，我帶你。」兩人走到一處，慕梵回頭道。

他笑的時候，臉上的冷漠全都融化為春泉，十分輕易地融進人心裡。但有奕巳對這笑容卻是有了陰影，避之不及道：「不用了，我自己可以過。」

他看著兩人面前那橫亙在山峰間，足有十多尺的裂縫，深吸一口氣後退幾步助跑。

「我跳！」

迎著山隙間的涼風高高躍起，有奕巳在空中滑稽地蹬了幾腳，用盡力氣向前搆，最後才險險地落在另一頭。

成功了！

背對著慕梵，他興奮地握拳，心裡的激動簡直無法用言語表明。只有他自己明白，剛才他跨過的不僅是一個山壑，而是零級異能與一級之間的鴻溝！

眾所周知，異能最基本的作用就是強身健體，只要達到一級異能，便可強化肉身，各方面能力都有所進化。然而零級異能，基本上是完全無用。剛才這十尺的距離，有奕巳在紫微星時是絕對跳不過的，而他現在做到了，這就證明他進化到一級了！

有奕巳看著掌心，心想果然沒錯。自來到北辰星系後，他一直覺得身體裡有什麼在默默變化著。那種感覺難以道明，只是每次呼吸時，彷彿身上的每個毛孔都在暢快地吸收能量。換句話說，腰不痠腿不疼，夜裡睡得更好了。

異能的進化更證明了這一點。

有奕巳深吸一口氣，來北辰星系果然來對了，如果這就是萬星血脈的作用，不知這血脈究竟還有什麼奧祕？

「你在看什麼？」

身後冷不防地傳來一道聲音，有奕巳微微一抖，瞪大眼。「你也跳過來了？」

「不過十尺。」慕梵不在意道：「還不到我原形時半個鰭那麼長。」

有奕巳暗罵，這種赤裸裸的炫耀，真讓人牙癢！

偏偏他還無以反駁……

慕梵看了他一眼，意有所指地道：「我以為，你需要我幫忙。」

「怎麼可能。」有奕巳打著哈哈，「我異能等級雖然低，這點距離還是跳得過來的，不要太小看我好嗎。」

「我的確小看你了。」慕梵微微一笑，深深地看了有奕巳一眼後，向前走去。

有奕巳連忙跟在後頭。

「不知道其他小隊都降落在哪裡……」他突然想道：「不對啊，軍校沒有告訴我們怎麼辨別陣營，萬一遇見別的隊伍，我們該怎麼去區分他們是藍方還是紅方？」

所有參賽考生身上除了空降裝備和號碼牌，再沒有其他。如何區別陣營，的確是個問題。當然，這也可看作是測試的一部分。

「為什麼要區分？」慕梵不解，「遇到別的隊伍，殺了就是。」

即使明知這只是考試，殺也只是一種暗喻，有奕巳還是打了個寒顫。

「如果對方是同一陣營呢？」

「最後只有四十個隊伍可以錄取，同一陣營的也是競爭者。」慕梵回頭看了他一眼，「我不建議你婦人之仁。」

「是嗎？我可不認為我是婦人之仁。」有奕巳突然笑了，「不過，我算是明白了你的意思，寧錯殺三千，不可放走一人……這就是你的態度吧，殿下。」

「在無法分辨對方陣營的情況下，與其花費精力分辨，不如直接對付。」慕梵說：「我的選擇哪裡不對？」

「對，當然對，只是殿下這個決策有一個大前提，就是確保所有考生都不是我們……咳……不是你的對手。」有奕巳說完，見慕梵露出一副「那還用說嗎」的表情，不由愣了一下，嘆口氣繼續道：「我不是在質疑殿下的實力，只是很多時候，事情總不像想像中那麼順利，尤其是敵在暗我在明時……」

慕梵不禁多看了他一眼。

要說自己在這裡還有什麼忌諱，就是那些會伺機動手的人。這幫人混在考生裡，想要辨別的確不容易。也正因此，慕梵才打算一遇見陌生人就全部解決。他不打算信任誰，甚至是身邊這些隊友。

有奕巳，像是故意說出了這一點。

注意到慕梵的眼神，有奕巳露齒一笑，說：「這種情況的確不好應對。不過比起暴力解決一切問題，殿下有沒有想過，我們還有另一條路可走？」

看著他自信滿滿的模樣，慕梵不由好奇。

「什麼路？」

有奕巳張開雙手，擁抱天空，「世界大同！」

「……」慕梵心想，這種傻瓜的筆試分數竟然比我高？

卯星上的考生們正陷在水深火熱中，而北辰主星上的人們，似乎也不那麼太平。

咚咚！

手指敲打在木質門上，來訪者有些好奇的看了眼這扇頗具仿古氣息的門，隨即又收回視線。

他沒聽到回音，卻聽見屋裡傳來談笑聲。沒有得到許可，哪怕這扇木門是如此不堪一擊，來訪者也不敢妄動，只能恭敬地等候。

須臾，談笑聲漸弱，一個中氣十足的聲音才回答他。

「進來吧。」

年輕人推開木門進屋，視線掃了一圈，注意到坐在桌後的老人，眼神一凌，舉手行禮。

「克利斯蒂．阿克蘭前來報到，校長先生。」

「呵呵，不要這麼拘謹嘛，克利斯蒂。」老人對他揮了揮手，「你來得正好，有件事需要你安排一下。」

「是的，校長。」克利斯蒂放下右手，注意到校長先生身前剛剛掛斷的通訊器，上面的符號還在一閃一滅，說明這段通話剛結束不久。也就是說，他之前聽到的談笑聲……

「克利斯蒂。」

老人的呼喚讓他回神，克利斯蒂．阿克蘭立刻站直，「有什麼吩咐呢，校長。」

威斯康．阿克蘭，北辰軍校的第三十二任校長，責怪地看了他一眼。「克利，你哪裡都好，就是這嚴肅的毛病什麼時候能改一下？下次回家見你母親，我非要讓她好好教育你一番，年輕人活得這麼古板做什麼？」

「……伯父。」克利斯蒂哭笑不得，「學期才剛開始，我還有很多工作沒安排好。」

「我知道我知道，守護學院的首席騎士克利斯蒂．阿克蘭，簡直比我這個校長還忙。怎麼，想見你一面難如登天是不是？」威斯康板起臉，「我得改改守護學院的章程，要是好好的孩子都被教成你這樣的榆木腦袋，我北辰星系還能不能出個聰明一點的人才了？」

被罵榆木腦袋的克利斯蒂十分委屈，「您究竟有什麼事……」

「當然是正事，過來。」威斯康朝他招招手，詢問：「今年的招生進行得怎麼樣？」

提到正經事，克利斯蒂又恢復了精神，「按照您的安排，正在進行最後一步考驗，已經將他們送到了衛星上。」他猶豫了一下，道：「不過這次測試是否太過苛刻了？如果他們過不了最後一關……」

「苛刻？哼，知道什麼是苛刻嗎？不是攸關性命的事，都不叫大事。」威斯康用鼻子出氣，「別管這個了，我是問有沒有出現什麼特殊的考生？」

「特殊？對了，聽說今年有兩個考生筆試在五百分以上，一個叫蕭奕巳，另一個就是亞特蘭提斯的二王子慕梵。」克利斯蒂佩服道：「如此高的分數，以前從未有過。」

「愚蠢！這兩個人，一個才五百零一分，一個差一分就滿分，能相提並論嗎？」威斯康不滿：「你終究還是個榆木腦袋。」

克利斯蒂已經不想反抗了，「您說什麼就是什麼。」

「我要跟你說的，就是這個考五百九十九分的學生，叫什麼……蕭奕巳，你查過他的資料沒有？」威斯康問。

「查過，很正常，一個偏遠星系出生的少年。」克利斯蒂說著，突然又皺起眉，「但我發現一些奇怪的地方。」

威斯康似笑非笑地看著他，「你說。」

「一是資料上顯示他從小由一個老人照顧長大，離群索居，竟然沒有一個親近的朋友，這不符合他的年齡；二是在我之前，已經有人查過他的底細了。」克利斯蒂嚴肅道：「謹慎起見，我正打算派人去他的出生星球查看。」

「沒必要。」

「您說什麼？」

「我說沒必要。」威斯康得意道：「即使你去了他的出生星球，也查不到半點消息。不要奇怪，克利斯蒂，他的資訊的確有問題。不過，你不僅不能繼續查，我還要求你親自幫他作假證明，動用任何資源也在所不惜。你要讓任何人都查不出他資料的破綻，哪怕是中央星系與帝國。」

他每說一句，克利斯蒂就瞪大一次眼，「您這是……」他深吸一口氣，「這個蕭奕巳，究竟是什麼人？」

「一個考生而已。」威斯康輕笑道：「哦，對了，克利斯蒂，如果他成功進入星法學院，你就去競選他的首席騎士吧。」

「做他的首席騎士，還競選？」可憐的克利斯蒂差點被自己的口水嗆到，英眉蹙起。

「威斯康校長！」他惱怒道：「我希望您明白，您今天對我說的所有話，不是違背星法典，就是事關我一生。您如果不對我解釋清楚，恕難從命！」

「哈哈，小克利，我還以為你只會愚忠，不會發脾氣呢。」

「伯父！」克利斯蒂欲哭無淚。

「好了，好了。」威斯康收起嬉笑的表情，認真道：「雖然不能告訴你一切，但我以阿克蘭家族數百年的榮譽擔保。」

他看著眼前的年輕人，輕聲道：「我讓你做的這些事，是為了更好地守護北辰。」

第七章　見龍在星（三）

威斯康校長說完這句話，伯侄倆寂靜相對了好一會。

「伯——」克利斯蒂正打算開口。

「大事不妙，校長！」

木門被人毫不憐惜地撞開，打斷了他們之間的沉默。脆弱的門扉在來人的巨力下，發出不堪重負的吱呀聲，隨即在眾人眼前裂成兩半。

「天啊！」威斯康心痛地看著被撞破的門，「我的仿古門，我從原始星球上花大錢買回來的紅木……埃里克，我跟你沒玩！」

看著老頭飛奔過來捧著破碎的門，衝入房間的學院教導員埃里克訕笑兩聲，「先別管這門了，校長，入學測驗出事了！」

「能出什麼事？」威斯康憤憤不平道：「那群小崽子掉進祕境出不來了？被戾鷹叼去餵鳥了？還是說他們終於發現卯星上的祕密了？要是後者的話，大概還有點意義……我不是全都交給你們監督組管理了嗎？來找我做什麼？唉……我的門啊……」校長心痛地捧起一地碎木。

一旁看不過去的克利斯蒂，攙起扶門而泣的大伯，嘆息道：「究竟是什麼事，埃里克老師，你還是趕快說清楚吧。」

「是這樣的，監察測試的人員發現，有考生利用祕境限制異能的特點，正在洗積分。」

「洗積分？」克利斯蒂皺眉。

「洗積分？」威斯康眼睛亮起來。

「是誰？」兩人異口同聲道。

「阿嚏！」沈彥文踏過一塊溪石，鬱悶地揉著鼻子，「怎麼老是打噴嚏？阿、阿嚏！真倒楣……該不會又是蕭奕巳做了什麼好事吧。」現在一發生不好的事，他都會第一個推到那人頭上。

正在尋找記號的伊索爾德聞言，無奈地看了他一眼。

「即便你再討厭他，我也建議你不要當面喊他混蛋。」

沈彥文斜眼，「怎麼，你想護短？」

「不，為你著想。」伊索爾德認真道：「如果你不想被他整得更慘的話。」

有過心理陰影的沈彥文，一把捏碎手裡的樹枝，「簡直仗勢欺人！這世界還有沒有王法了！」

「嗯，這個嘛，難說。」伊索爾德苦笑。

相處時間雖短，但他很快就明白了有奕巳的性格。事不關已高高掛起，但一旦觸碰到他的底線，絕對是睚眥必報。這樣的人不招惹還好，一旦招惹上就是十分麻煩。

相似的性格，伊索爾德還想起了另一個人，那個……

「喂，發什麼呆啊，找到那個混……那個蕭奕巳說的記號沒？」沈彥文不耐煩道：「測試都快開始一個小時了，我們還沒碰頭，那兩個傢伙究竟跑到哪裡去了？」

在穿梭艦裡，有奕巳提議過，失散時可用幾種方式辨認方位。其中一種是符號，有奕巳特地吩咐刻在只有他們幾人約定好的地方。當然，如果降落到環境惡劣的星球，就換另一種辨認法。現在降落在這顆有著完整生態系統的星球，自然是使用標刻記號來尋人。

降落時距離相差不大，沈彥文本以為會很快找到人，誰知道找了半天也沒看見另外兩人。

「他們不會被幹掉了吧？」他不免猜測，「或是被其他小隊俘虜？」

「不會。記號就在附近，人肯定也在。」伊索爾德說：「而且有殿下在，不可能輸給任何人。」

「哼，你對你們殿下還真有信心，當年還不是輸在我們北辰手裡？」沈彥文作為標準的北辰軍二代，對亞特蘭提斯王室很不屑一顧。

伊索爾德糾正，「準確地說，是敗在萬星手裡。」

「有什麼區別？」

「區別？你不是討厭萬星的人嗎？」伊索爾德詫異道。

沈彥文反駁道：「誰說我討厭萬星！不，不對，就算我討厭萬星，和你又有什麼關——」

兩人話還沒說完，就聽見前方一陣騷動，轟隆巨響伴隨著淒厲呼號，聽得人心裡發毛。

他們正想認真再聽時，聲音戛然而止，歸於寂靜。

一時間，林子裡安靜得可怕，落針可聞，便是連天空都比剛才陰暗幾分。

「這、這是什麼聲音？」沈彥文牙齒都有些打顫，「鬧鬼？」

「世上哪有鬼怪。」伊索爾德卻比他大膽，「去看看。」

「喂喂喂，你小心啊，也許是什麼異獸！」

兩人邁著謹慎的步伐，往聲音傳來之地尋去，走了幾百步後還沒看見人影，就聽見一個熟悉的聲音。

「危險！就叫你們避開了吧！」只聽見一個大嗓門道：「早就說過『內有凶獸請勿進入』，這下後悔了吧！」

這說話的聲音，以及有點犯賤的語氣，不是自家隊友還能是誰？

伊索爾德與沈彥文對視一眼，注意到還有別的人在場，決定先在暗處靜觀其變。

林子裡，有奕巳正攤手對面前幾人道：「好心提醒你們危險，你們卻懷疑我，我也無可奈何了。」

「前、前面真的有異獸！」一個考生面色慘白。

剩下幾人臉色也都不好看。

「剛才站我身邊的兩人，一眨眼就不見了！好凶猛的異獸！」

「就說那邊危險，不能過去嘛。」有奕巳走上前，拍拍他們的肩，「這下，不會懷疑我是敵對陣營的人了吧?行了，跟我走吧，我帶你們去安全的地方。」

「謝謝。不過陣營又沒有標記，你怎麼認出我們的？」其中一人道。

幾人偶然相遇，有奕巳一出現就自稱是同一陣營的考生，不免引起幾人懷疑。因此才不聽勸告，步入險境，而折損了兩人。

「我自然有方法。」有奕巳走在前面，輕輕勾起嘴角，「那邊還有其他的同伴在，到了地方我就告訴你們，其實方法很簡單……」

排除了對有奕巳的戒心後，幾個考生安心跟在他後面，和他有一句沒一句地聊著。

「真抱歉剛才懷疑你，要不是你有提醒，我們恐怕就全軍覆沒了。」看起來像是隊長的一個人道：「不過非常時期，大家不得不謹慎一點。」

「我懂，小心為上嘛。」有奕巳帶著他們走了一段，越過湖邊又繼續向前走。聞言，背對著眾人的臉上，露出一個不明笑容，「這是一種很好的習慣，只不過……」

「只不過？等等，你把我們帶到哪裡來了？」這名小隊隊長突然覺得不對勁，周圍安靜異常，不像有很多人聚集在一處的樣子。「不是說要集合嗎，其他人呢？」

「隊長，我的異能……不能用了！」

「我的眼睛也看不清楚！」

幾人接連呼喊後，所有人都發現了周圍的不對之處。不僅異能無法使用，就連本身被異能強化的一些能力也退化了。這一下，他們變得連普通人都不如！

有奕巳轉過身，對著幾人微笑，看著他們支撐不住身體，逐一跪倒在地上。

「習慣再好，不堅持到最後，也是功虧一簣。這位同學，你這麼謹慎，怎麼不再堅持一會？」有奕巳搖著手指，嘖聲道：「如果你繼續堅持，就不會被我騙到這裡了。」

「你！」那隊長終於發現上當，怒目瞪著有奕巳。然而失去異能後身體虛弱無力，他很快軟倒在地，和其他人一樣無力掙扎。

有奕巳走上前去，拿出他們的頭盔，翻看通訊紀錄。

「第八十九小隊，紅方陣營，好運！十五分到手！」他看著地上的三人，笑咪咪地摘下他們身上的牌子。「謝謝你們這麼容易上鉤。」

於此同時，樹林裡一陣騷動，躺在地上的幾個人眼睜睜地看著他們「失蹤」的兩名隊友，被慕梵一手一個扛了過來。

「十分！」

慕梵把人扔在地上，遞了牌子過去。

「辛苦了。」有奕巳慰問道。

「一共二十五分，又完美解決一隊。」他滿意地數著數著戰果，「怎麼樣殿下？這種方式，既不費事也不太費力，還可以查清對方底細，您滿意嗎？」

被使喚扮作「異獸」的慕梵道：「的確是省力些。」

自從有奕巳提出，利用密林的限制異能來智取對手後，他們已經輕鬆解決了十幾個紅方小隊。其中絕大部分的人都折損在有奕巳手上，慕梵基本上沒費多大力氣。另外，還順帶淘汰了三支藍方小隊，大多是誤入陷阱又不想合作，而被有奕巳「滅口」的人。剩下的藍方隊伍，都乖乖折服於有奕巳的計謀與慕梵的實力下，正在四處為他們網羅新的魚兒。

一旦被摘下牌子，這些人就會被校方人員帶走。

至今慕梵還記得，當有奕巳利用這手段解決了第一個小隊後，來處理善後的監察組看他們的眼神，相當詭異。

樹林後，目睹了全程的兩人，下巴都快掉到地上。

「……我說過，讓你不要招惹他。」伊索爾德輕聲道。

沈彥文已經不想說話了，他看有奕巳的眼神就像在看一個怪物。太可怕！這裡有一個吃人不吐骨頭的閻王！

「喂喂，後面兩個看熱鬧的傢伙。」閻王甩手扔出一個號碼牌，「該出來做點事了吧。」

伊索爾德一把接住，走出樹林，苦笑道：「什麼時候發現我們的？」

「你們殿下的鼻子可是很靈敏的。」有奕巳一指慕梵，「你跟過來的時候，他就聞到你身上的氣味了。」

鯨鯊的嗅覺遠強於一般亞特蘭提斯人，對氣味十分敏感，尤其是血腥味。

慕梵掃了一眼伊索爾德，並不說話。

「好吧，現在人齊了。」有奕巳笑咪咪道：「可以開始上正餐了。」

正餐？之前那樣的，還只能叫前菜嗎？

其他人看著笑得燦爛的有奕巳，為同在卯星的其他考生默哀起來。

「第十三組。」

伊索爾德彎下腰，將這批落入陷阱的人綁起來，運到密林之外。

「放在那裡就行了。」

有奕巳指揮道：「監察組的人也不願意進來，就讓他們在林邊接收這些人吧。」

「你們……」離開了祕境範圍，被捆住的人多少有了些力氣，「為什麼？」其中一人惱怒又疑惑地盯著有奕巳，「為什麼你們在林子裡能力不受限制？是什麼祕密，告訴我！」

有奕巳回：「笨蛋，我為什麼要告訴你？伊爾，把他們的嘴也堵上，不要引來別人。」

「抱歉。」伊索爾德苦笑一聲，堵上了幾個考生的嘴。

辦完事情後，他才攤開手心，露出一直握在手心的蔚藍色石頭。在與有奕巳會合後，他們也參與了這種釣殺行動。

用有奕巳的話來說，不管對方是哪個陣營的人，先取得信任把人引誘過來再說。之後就視情況而定，不同陣營的一律剝下牌子淘汰，同一陣營的視合作態度而定。

「這就是你說的天下大同？」後來聽到計畫名字的沈彥文鄙視他。

「順我者昌逆我者亡，這不就大同了嗎？當然，我們絕對不是簡單的暴力行動，也不會獨自占有好處，參與合作的隊伍還是可以分一杯羹的。」說這句話時，有奕巳剛剛策反了一個紅方陣營的小隊。

成功說服對方打入紅方陣營，及時帶來新情報和新誘餌。

有奕巳則按照人數，分給他們自己用不到的藍方牌子——那些全都來自一些不想合作、而被慕梵暴力解決的藍方小隊。至於其他一些出爾反爾、拿了好處後又想背叛的，一樣交給偉大的打手慕梵去解決。

在這過程中，沈彥文和伊索爾德除了目瞪口呆地看有奕巳合縱連橫，就是口呆目瞪地看慕梵大殺四方，偶爾充當一下搬運工，已經是他們最大的作用了。

祕境之所以無法影響到他們，緣於有奕巳找到的一些神奇石頭。

「這些石頭究竟是什麼，你從哪裡找到的？」沈彥文好奇道。

「在附近的草食動物身上。」有奕巳說：「我推測，這片密林之所以能限制高級異能者的能力，應該和地下磁場有關。而草食動物之所以不受影響，可能與牠們的飲食有關係。」

「所以這些藍色石頭是……」沈彥文有不好的預感。

有奕巳一本正經道：「當然都是純天然無污染、剛出爐的……」

「蕭奕巳！你竟然拿糞便給我放在身上！」

沈彥文臉色都青了，伊索爾德的表情也有點僵硬。

有奕巳糾正：「不是糞便，是結石。」

「有什麼區別嗎？混蛋，你自己為什麼不帶？」

有奕巳嘿嘿笑道：「你也知道，我異能等級還比較低，不受影響。」

沈彥文無語，來參加北辰軍校考試的，幾乎沒有異能低於四級的人。唯一的奇葩有奕巳，竟因異能等級低而占了便宜。

「我──」他一時氣急，就摘了脖子上的石頭想要扔出去。

「喂喂，別扔啊！沒看見人家王子殿下都沒嫌棄嗎？你好歹也學習一下人家嘛……」

沈彥文不敢置信地回頭看，被點名的慕梵則站起身，「我出去轉一圈。」

他的背影一如既往帥氣，然而伊索爾德卻發現，王子殿下的腳步略微有些僵硬。

同是天涯淪落人，伊索爾德不免同情起殿下。

「算了。」沈彥文放棄道：「我現在只想問，洗到多少分了？」

有奕巳說：「不多不少，剛好一千分。」

也就是說，他們已經幹掉了兩百個考生。一千積分，夠他們進入前四十名了。

「還要繼續洗分嗎？」即便是沈彥文，聽到這個數目也是兩眼放光。

「不，從現在開始不洗了。」有奕巳看了看天色，「差不多是時候了。」

「什麼意思？」

「你沒發現和我們交接的合作夥伴，好久都沒來了嗎？」有奕巳笑著反問：「一共有多少個小隊？」

「嗯，兩百出頭吧。」

「那麼，有幾個小隊能過測試？」

「四十個啊。」

「如果按照一千個人參賽，共有兩百支隊伍來算，所有的考生一共有五千分。前四十個積分一百以上的隊伍才能出線，你覺得每支隊伍需要多少分？」

「呃，五千分，四十個隊伍……啊啊啊，好煩啊，算不清楚！你直說就是了！」

「那我就直白點告訴你。」有奕巳說：「正常來算，即便不分陣營，五千分對於每個隊伍來說都是有效分。哪怕除了前四十名，其他隊伍都只拿了零分，前四十個隊伍過線需要的平均分至少是一百二十五。按照遞減的規律，再加上其他變數，第四十名的隊伍過線需要的分數是……。」

「請您再簡單點、直白點，可以嗎？」沈彥文眼冒金星，「我在基礎學校最討厭的就是數學。」

有奕巳鄙視地看著他，嘆一口氣，「好吧，我這麼跟你說。這一次，很可能湊不齊湊四十個積分一百以上的隊伍。」

「我還是有點不明白……」

伊索爾德卻懂了，表情凝重道：「你的意思是我們積分太高，壟斷了大量分數，很可能斷了其他隊伍過線的可能性，會來聯合打擊我們？」

「就是這個意思。」有奕巳一副還是你懂我的表情。

伊索爾德問：「可是，即便我們取了一千分，也不至於……你手裡到底還有多少牌子？多少積分？」

「一千個紅方有效分，幾百個藍方無效分。」有奕巳聳肩道：「也就不到兩千分吧。」

兩千分。

整個測試，按一個人頭五積分來算，滿打滿算也就五千多積分。除了有奕巳他們外，剩下還有三十九個隊伍要過線，過線最低標準一百積分，最起碼需要三千九百分！如今將近三分之一的積分都攢在有奕巳手裡，你讓人家哪裡去找這三千九百分！

簡直斷人活路，別人能不造反嗎？

想想看，有奕巳洗分洗得毫不低調，現在很可能所有小隊都知道了他們是得分大戶。這下，才是成了眾矢之的。

即便是一向鎮定的伊索爾德，此時也出了一身冷汗。與其他近兩百個隊伍為敵，可不是他們區區四人能應付的。

「能不能把對我們無效的藍方牌交易給紅方小隊，讓他們放棄和我們敵對？」他看有奕巳沉默，以為對方也正為難，便安慰道，「計算失誤不是你的錯，沒關係，我們可以再想些辦法。」

「誰說是我計算失誤？」有奕巳突然抬頭，黝黑的眼珠直望著他。「一千積分，是我預算好的分數，不多也不少。剩下的那些藍方積分，我也不打算和人做交易交換出去。」

「你——」，伊索爾德有些生氣，「可這樣被圍攻時我們根本沒有勝算！沒有能力的貪婪，只會惹來禍患！」

有奕巳不去反駁，而是一個人走到密林邊，看著不遠處波光粼粼的湖面。

「伊爾，參加筆試前我說的那些話，還記得嗎？」

伊索爾德一愣。

「**我要讓這個時代記住我，讓星辰銘記我。**」

在入考場前，有奕巳說了這麼一番話，卻惹來嘲笑。然而結果是，他以五百九十九分史無前例的分數，讓嘲笑他的人無話可說。

沈彥文更清楚地記得那些話，他瞪大眼，看著有奕巳的背影。

「所以你這次是要在這次測試出盡風頭，讓整個北辰都記住你的名字？」

「北辰不需要記住我的名字，我只是讓它回憶起來。」

說出一句兩人都無法聽明白的話，有奕巳轉身問：「難道你們不覺得，這測試太沒意思了嗎？將我們投放到一顆小星球上，像困獸一樣圈起來，軍校的人作壁上觀，選出他們認為的『精英』。喂，究竟是誰規定，這樣選出來的人就一定是精英？又是誰規定，參加測試只能按照這些死板的規矩來？如果偏偏有人，不按他們的心意去做呢？」他唇邊綻放出一抹微笑。

「你們敢不敢與我賭一把。這一千分，我一分都不會丟。不僅如此，我還要在所有人面前，成為第一支通過測試的小隊。」身後的光線在有奕巳身上落下陰影，卻讓他的影子更深刻地映入兩人眼中。

「這是我任性的想法。如果你們覺得不可行，我現在就將一半的積分分給你們，解散小隊。」有奕巳問他們，「好了，究竟是成為被校方挑選的『精英』，還是和我一起名載史冊，你們決定好了沒？」

彷彿有一股無形的力量從他說話的聲音傳遞到空氣中，再隨著每次呼吸沁入兩人心裡，點燃了血液中沸騰的火焰。

沈彥文只覺得整個胸膛都火辣辣地發熱，他露出興奮的笑容，問道：「名載史冊？哪怕不是什麼好名聲？」

「當然。那些不寫我好話的記載，我會全刪掉的。」有奕巳戲謔道。

「那我要試一試。」沈彥文走上一步，搭在他伸出的手上，「我就想看看，你究竟能狂妄到什麼地步。」

「伊爾？」有奕巳扭頭。

伊索爾德嘆了口氣，走上前，也握住那雙手。

「我只希望在你走得太急的時候，還有人能拉你一把，不至於跌得太慘。」

有奕巳露出燦爛的笑容，「謝啦！」

三人相視一笑，之前的隔閡彷彿煙消雲散。

這時，慕梵走出陰影，看了幾人一眼。

「反攻開始了。」

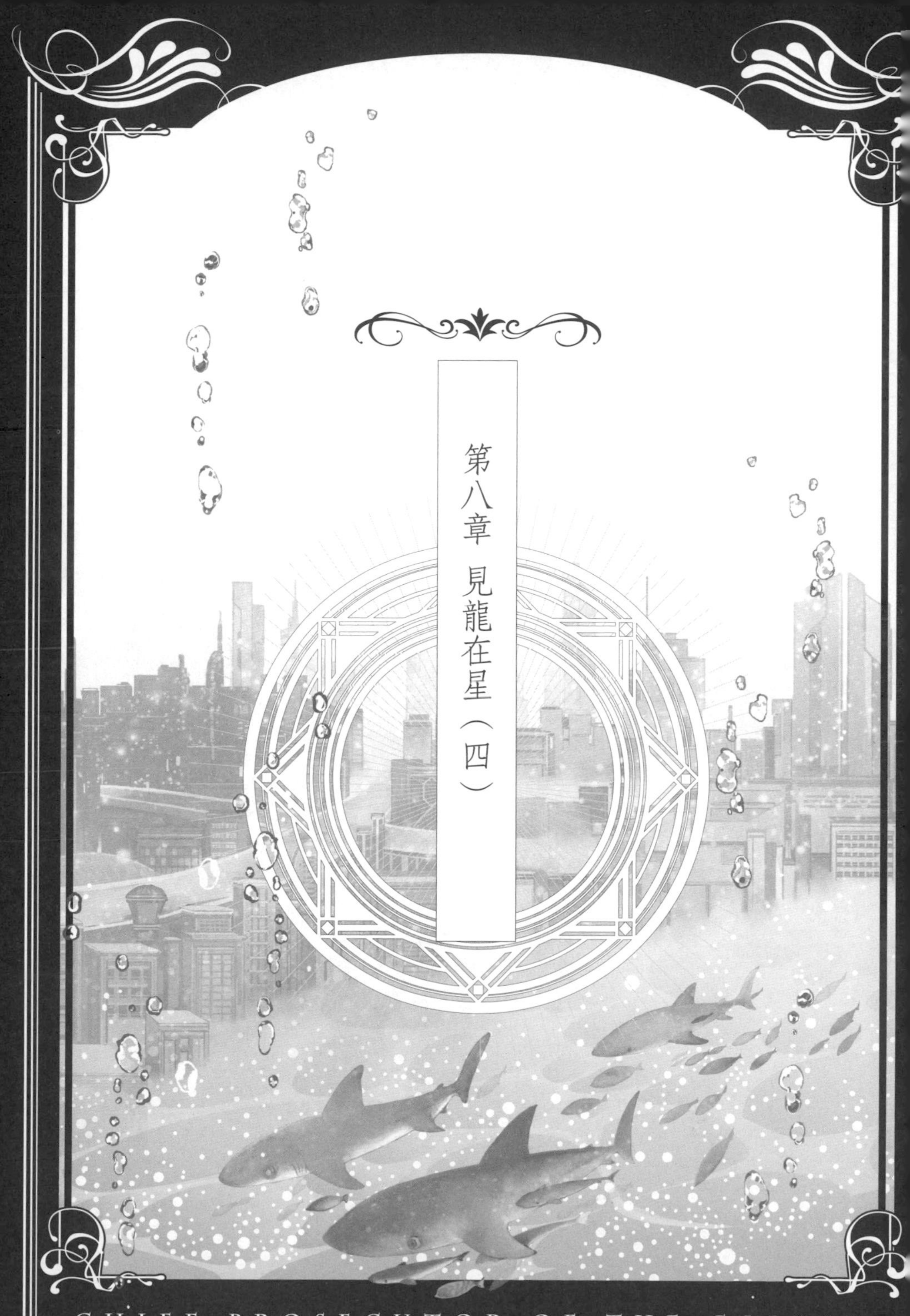

第八章　見龍在星（四）

CHIEF PROSECUTOR OF THE GALAXY

遠離北辰主星的卯星，一場關於圍剿和反圍剿的競賽正在醞釀。星球上的氣氛變得緊張起來，連森林裡的動物也感受到了不安的氣息，紛紛躲入密林深處。

這個時候，卻還有兩人大剌剌地在叢林裡亂走，著實引人注目。

這兩人就是沈彥文和伊索爾德。與有奕巳分開後，他們就在附近的叢林裡閒逛起來，也沒有特地隱蔽身形，如此大的目標，卻沒有遇到半個襲擊隊伍。

「喂，我們都在這邊晃了兩圈，還沒人出來。」沈彥文壓低聲音道：「蕭奕巳是不是算錯啦？」

「不，這正說明他們已經聯合起來了。」伊索爾德回道：「很有可能，現在剩下的隊伍已經合作起來，有人統一指揮。不到有把握的時候，他們不會輕易出手。」

沈彥文皺眉，「那蕭奕巳讓我們出來做誘餌的計畫不是白費了嗎？」

自從有奕巳看破局勢，並開始計畫突破對方的圍剿並反制出圍，就已經幫每個人都做了明確分工，派沈彥文兩人出來試探，只是計畫的第一步。

而如今，那些隊伍並不上當。

「來參加北辰軍校考試的人，當然不會都是傻子。」伊索爾德抬頭，看了叢林一眼，「把情報傳回去，看看小奕怎麼說。」

「嘿咻！一、二、三，我看看……」

而此時，勤勞的撿糞工有奕巳，正在地上一堆新鮮的糞便裡翻弄著。

「不行，這隻也沒有結石。」他扔下手裡樹枝下，氣餒地道：「被那些人一嚇，森林的草食動物都跑沒了，我去哪找更多的『藍石』嘛……」

他將那些可以抵禦磁場影響的結石，稱呼為藍石。沈彥文和伊索爾德在外當誘餌時，他就蹲在湖邊森林裡翻找。可以說，附近但凡肉眼可見的動物糞便，都沒逃過有奕巳的掌心。

同行的慕梵皺了皺眉，躲避開有奕巳扔出的、還帶著新鮮熱氣的樹枝，道：「你就不嫌髒？」

「嫌髒？這算什麼？」有奕巳揉了揉痠痛的腰，跑到湖邊去洗手，「以前我在老家時，跟著我爺爺天天翻垃圾堆。有時候餓得狠了，就直接吃翻到的剩菜了。我跟你說，剩飯剩菜只要不長蛆，其實味道還不錯。哦，對了，殿下是不是不知道蛆是什麼？我跟你說明一下，那是一種幼蟲，渾身白白肉肉的，就喜歡鑽在糞便裡……」

「夠了！」慕梵喉頭微微顫動，有點反胃，「不用說得那麼清楚。」

「哈哈，我差點忘記，從小嬌生慣養的王子殿下，當然是聽不得這些。」有奕巳戲謔道：「我不說就是了。對了，這是之前找到的『藍石』，再給你一份以防萬一。」

慕梵盯著他手上的不明結石，想起有奕巳剛才說的那些話，怎麼也不願意伸手。

「嫌棄我？跟你開玩笑呢，這個年代哪會有這麼窮的人，還去翻垃圾桶找吃的。」有奕巳呵呵笑道：「拿著吧，我洗乾淨了！」

慕梵接過藍石，看了兩眼收進口袋裡。他再抬起頭時，看到有奕巳正在逗著一隻鳥。

那是一隻雙翅褐色、下腹微藍的鳥，頭頂一抹微微翹起的黑羽，顯得小巧又可愛。牠乖乖地停在有奕巳手上，小小的爪子勾著他的手指。

「這很像我家鄉的一種鳥。」有奕巳輕嘆道：「可惜自從離開家以後，我就很久沒見到了。沒想到，這裡竟然會有。」

慕梵沒接話。他有點分不清，有奕巳什麼時候是在開玩笑，什麼時候是說真心話了。但是對於這種脆弱不堪的動物，他向來不喜。

「這樣弱小的生物，本來就不適合在外面生存。」

「是啊，所以我也沒想著帶牠回去。乖，走吧走吧！」有奕巳抬起手揮了揮，讓小鳥飛走後，臉上一瞬間露出了寂寞的表情，但很快又整頓情緒，對慕梵道：「說實話，在湖邊待了這麼久，你發現什麼不對勁沒？」

「這只是一個普通的湖。」慕梵說：「湖底沒有巨型生物，附近也沒有肉食性植物，湖水裡也不含毒素。」

「既然這樣，當時那人還提醒我們遠離水源，究竟是為什麼？」有奕巳摸著下巴思考著。

慕梵發現他開始認真時，總會忍不住微微闔上眼，露出左眼皮上的一顆黑痣。那粒小痣隨著眼皮的顫動，時有時無地出現，格外勾人心弦。慕梵費了好大的力氣才將視線挪開，正準備說些什麼，卻聽到了意外的動靜。

這是——？

聽覺靈敏的王子殿下抖了抖耳朵，聽到了森林裡傳來的異動，那是落葉被踩碎的聲音。

有人來了，還是很多人。

他不動聲色道：「伊索爾德和沈彥文有消息傳回來嗎？」

有奕巳懶得抬起眼睛，回：「沒有。對了，要不勞煩殿下也去查看一下，說不定他們那裡出了什麼意外。」

這句話正和慕梵心意，他微微頷首準備離開。轉身前，竟然鬼使神差般地開口：「你要不要和我一起去？」

這一次，換有奕巳抬起頭，眼中閃過一絲詫異，不過他還是拒絕了。

「不用，我待在這裡就好，殿下去忙自己的吧。」

那句話脫口而出的一瞬間，慕梵本就有些後悔。聞言，他再也沒有猶豫，轉身離開。

只剩有奕巳一個人蹲在湖邊畫圈，一筆一筆，加重痕跡。

慕梵並沒有遠離，他躲在稍遠一點的隱蔽處，收斂氣息，眼睛直盯著有奕巳那頭的動靜。果然沒過多久，預料之內的人就出現了。那些人圍繞著湖邊，陸續從密林走出，將有奕巳圍了起來。

是其他隊伍的人。

慕梵見有奕巳站起身，對於這幫不速之客的到來，似乎一點也不意外。

由於距離隔得太遠，聽不清對話，但慕梵可以憑動作猜測出雙方交流的內容。

果然沒過多久，一個領頭人似乎被有奕巳惹怒，一腳把他踢翻，踩在腳底下。

即便是早有預料，看到這一幕，慕梵還是有些不舒服，他不由握緊樹幹。

「你真以為自己無所不能嗎，蕭奕巳！」

踩著他的人，正是守護學院的一名考生，「把我們逗得團團轉，又派兩個誘餌出去引我們上當。怎麼，沒想到現在被我們抓住了吧？」

「我當是誰。」吐出嘴裡的一棵雜草，有奕巳還有心思笑，「不是當初被我罵窩囊的大個子嗎？怎麼，星法典記熟了沒有？哈，我怎麼忘記了，你要是記住了也不會去考守護學院。只花力氣不動腦子，倒是滿適合你的。」

「你這個傢伙！」大個子抬起腳，就要狠狠踩下去。

「住手！」

然而還沒來得及用力，就被人群中的某個人喝止住。

「蕭奕巳。」一個看起來像是頭腦的人從隊伍中走出來，「我不認為，這時你惹怒他們是明智的決定。」

「放開他。」他對身旁的人說道。

被鬆開後的有奕巳揉了揉背，抬眸看著眼前這人。

「你就是他們的指揮者？就是你說動這群人聯合起來解決我？幹得不錯嘛！」

「要知道，聰明人不止你一個。」對方有些得意，伸出手，自我介紹道：「米菲羅，中央星系卡塔家族。我很欣賞你的能力，蕭奕巳。」

「謝謝，我也很欣賞我自己。」有奕巳撣了撣身上的灰，卻沒有伸手回握。

米菲羅眼中露出一絲不悅，下一刻適時掩藏起來。報出族姓後，還是第一次有人這麼無視他。

有奕巳笑看著眼前人，「聰明人的確不止我一個，不過竟然能把這麼一群烏合之眾聚集起來，你真的不簡單。」

米菲羅臉上露出一絲傲意。

「我數數……快兩百人了。我沒記錯的話，應該還有一百多個隊伍沒被淘汰吧？那些人沒有過來跟你分一杯羹？還是說，他們也不看好你的行動？」有奕巳環視一圈道，「我真是小看了北辰的考生，聰明人還是大多數。不過自作聰明的，也不少。」

聽出他的言外之意，米菲羅臉色一變，「蕭奕巳，你一個人占著那麼多的積分，讓大家都通不過測試了！現在被我們堵到，如果不配合，你好好想想會有什麼下場！」

「我知道，我知道。」有奕巳打斷了他的話，「好了，恭喜你們成功逮到我。那麼我倒是想問問，下一步你們要怎麼做？」

下一步？米菲羅腦筋轉過一圈，想到一個念頭暗道不好，剛想阻止有奕巳，那人已經一股腦地說了出來。

「我的確有很多號碼牌，比你們想的都多，但是加起來也只夠讓十組錄取。現在這裡一共有五十多組，我問一下諸位，你們希望我把牌子給誰呢？」

有奕巳露出一個人畜無害的笑容。

「誰說了算，我立刻將積分雙手奉上。」

先是激將，再是挑撥離間。明明處於弱勢，有奕巳卻將局面盡數控制在掌中。連在暗處旁觀的慕梵，都不得不佩服他這一招。不過這種狡猾的性格，讓慕梵想到了一些不愉快的回憶。他看著有奕巳的眼神，又多了幾分打量和懷疑。

另一邊以寡敵眾的有奕巳又道：「這位米菲羅同學倒像是你們的領袖，不如我把牌子都交給他，你們再做決定？」

他這麼一說，就像往油鍋裡倒了一滴水，立刻炸開。

「誰說他領導我們了？」

「憑什麼給他，要給也是給我們隊伍！」

「不，蕭奕巳是藍方的人，他身上的牌子都要歸藍方！」

看著幾十個隊伍因為自己而吵起來，有奕巳嘴角微微掀起。

「你……」這時候還不明白自己上當，米菲羅的智商就有點可憐了。他憤怒道：「你耍我?!」

「我不該耍你嗎？」有奕巳一聳肩。

「你知道我是誰嗎！」年少氣盛的米菲羅有點被氣瘋了，「我爸可是——」

「停停停！」有奕巳連忙阻止，「少年，我不關心你爸是誰。但是，你不關心那些牌子究竟在哪裡嗎？」

米菲羅停了一瞬。

「那麼重要的東西，我當然不會隨身帶著，但現在我被這麼多人圍住，也不好去拿。不如偷偷告訴一個人，與他平分，也好過最後顆粒無收。」有奕巳故意嘆氣道。

米菲羅懷疑地看著他，「你會這麼好心？」

「不是好心，是識時務。」有奕巳對他招招手，「想不想知道，我究竟藏了多少牌子？」

明明知道不該輕易相信這個人，但還是抵擋不住心裡的貪婪和好奇。

米菲羅將耳朵湊上去，有奕巳在他耳邊輕輕道：「我一共藏了……哎呀，全都告訴你了！自己去拿吧！」

他先是壓低聲音，米菲羅還沒來得及聽清，又被他後面兩句吵得耳膜疼痛。

「你搞什麼！」米菲羅捂著耳朵後退。話說一半，他突然察覺到周圍的氣氛有些不對，只見剛才吵鬧的人全都停了下來，看著有奕巳和他。

米菲羅突然有股不祥的預感，不會是——

「我把藏牌子的地點都告訴你了，你可以放我走了吧？」這時候，有奕巳還在一旁故作可憐地加油添醋。

果然是被這傢伙算計了！米菲羅回頭怒瞪，「我什麼時候知道地點了！」

「這位什麼貝塔家族的少爺？」有奕巳問。

「是卡塔！」

「好吧，卡塔家族的少爺，你不要說話不算話喔。」有奕巳悠閒地擺手，「我已經如實交待，該你履行承諾了，說好告訴你以後就讓我離開的。」

「誰和你有這種交易了！」米菲羅憤怒不已，就要衝上前去。

「米菲羅．卡塔。」一人拉住他，「他說的可是真的？」

「你們竟然相信他？」米菲羅吼道，「他根本騙人不眨眼！」

「是嗎？可是我明明看見你們在一旁說悄悄話……」有人質疑道。

「對，如果不是被他說動，你為什麼要走過去聽！有什麼話不能光明正大地說！」

「究竟是誰在騙人，還說不定呢。」

「你不會是打算利用完我們，自己一個人占盡好處吧？」

一群人將他團團圍住，看向米菲羅的眼神都帶著懷疑。從小到大沒受過這種氣的大少爺，氣得連話都說不全了。

「我不是！你、你們……竟敢如此對我！」他又急又氣，說出來的話只會讓自己的處境更加為難。

「哦，怎麼對你？大家族的小少爺，要我們跪下來舔你的腳嗎！」

「你剛才究竟和他說了什麼？」

「你們做了什麼交易？」

「你們不要欺負他嘛。」見狀有奕巳也在一旁幸災樂禍，「討好討好他，說不定大少爺就願意把地點告訴你們了。」

「蕭奕巳！你！」米菲羅怒瞪著他，想要掙脫人群。但他這麼一動，反而刺激了周圍人的神經。

「別讓他跑了！」

「圍住他！」

「我都說了沒有！你們這群傻瓜快放開我！快來人幫我！我會代表卡塔家族重重賞賜你們！」米菲羅也開始呼喚起自己的隊友。一時之間，本來聯盟就不穩固的「討伐有奕巳聯盟」分崩離析，內亂起來。

看準時機，有奕巳腳底抹油，開始逃跑。他跑了足有幾十公尺，那些爭得眼紅的人才注意到他。

「不好，上當了，蕭奕巳跑了！」

「快追！」

身後的人群很快清醒過來，一部分繼續與米菲羅糾纏，一部分人追了上來。

「一、二、三……十五個隊伍，不少嘛。」有奕巳在前面跑著，還有心思數人數。但他的體力和腳力，終究不是這些高級異能者的對手，很快就被追上。

一人伸手拽住他的衣領，「我看你往哪跑，跑……啊！哎呀！」他騰空欲揮的手，突然軟綿無力。

「我不跑了。」有奕巳轉過身，嘴角噙著微笑，「你們還要追嗎？」

噗通幾聲，離得近的幾個人，紛紛軟倒在地。這種狀況再熟悉不過，他們又被引到了磁場的範圍?!

「你媽媽沒告訴你，不要隨便跟著人家走嗎？」有奕巳拍拍這倒楣傢伙的臉，看著其他人，「還有誰要來？」

其餘人見狀，眼中閃過驚疑。

有人認出了這地方，「不行，這裡會限制我們的能力。」

「難道就這樣放他跑了？」

他們看向有奕巳，只見幾公尺外，那個讓人恨得牙癢癢的傢伙正氣定神閒地笑著。

這一刻，所有人都想起了之前被有奕巳戲耍於掌間的情況。

在場所有人，除了有奕巳本人，根本分不清這一帶究竟哪裡是普通的森林，哪裡是有磁場的祕境。對他們來說，這裡危機四伏；對於有奕巳，這裡就是他的狩獵場。

獵物與獵人，徹底顛倒了過來。

「不上嗎？」有奕巳微笑，「那麼，我就不客氣啦。」

他緩緩逼近眾人，微笑間散發著一股壓倒一切的氣勢。

「輪到我狩獵了！」

「快跑！」終於有人頂不住，先逃了。

一旦有人做膽小鬼，其他人怯場只是時間問題。他們又是跑又是叫地四處亂竄，自己昏頭跑到磁場內的也不在少數。頓時密林裡一片雞飛狗跳，好不容易有幾個人逃出生天，卻再也不敢回去。剩下的，則是被磁場限制得動彈不得，成了有奕巳的「手下亡魂」。

解決完這幫人後，有奕巳看著手中的新戰利品，「又是兩百多分。」他嘆了口氣，「我真的不想拿這麼多的。」

「是嗎？」

幽靜的密林內突然傳來一聲輕笑，「既然如此，分些給我如何？」

糟糕，有人！有奕巳連忙轉身，但為時已晚。一個黑影從林中竄出，飛快逼近他身後。

「別動。」

那人從背後制住他，將他牢牢困在懷裡。因為身體太過接近，有奕巳甚至能感受到對方在自己耳後的呼吸。

「這位，能不能鬆一點……」有奕巳忍著一頭汗水道。

「不能。」那人道，「那些笨蛋的前車之鑒，我可不會忘記。」

這人究竟在暗中看了多久？有奕巳想。

不僅一直克制著沒出手，還恰巧在自己走出磁場範圍時突襲。這份忍耐力與觀察力，絕非常人能做到的。

自己果然還是小看了北辰的考生。

「我不動，你放開我，我帶你去找其他牌子的隱藏地點如何？」有奕巳想著利誘。

「這些就夠了。」

那人卻看破他的計畫，將有奕巳剛拿到的戰利品全都搶走。

「其他的我不需要。」

「……那你想做什麼？」

「殺了你。」

有奕巳一個激靈，這麼血腥？

「準確地說，是把你淘汰。像你這樣的人，只有把你排出競爭對手，才是最安全的。」

那人說著，就要伸手摘下有奕巳的號碼牌。

於此同時，發現自己跟丟了人的慕梵心情正差。沒想到自己也有把人跟丟的一天，還是說，那傢伙早就發現，是故意甩開自己的？思及此，慕梵心情更惡劣了。

「找到了，這裡有人！」

後面傳來幾聲呼喚，「好像是蕭奕巳的隊友！」

「這邊是安全區。抓住他！看那小子還敢不敢耍我們！」

王子殿下抬起頭，就見幾個被有奕巳戲弄的殘兵敗將向自己走來。

第九章　見龍在星（五）

有奕巳眼看那人就要摘下自己的號碼牌，連忙喊道：「等等！把我淘汰出去，就沒人知道怎麼離開卯星了！」

為了以防對方手速太快，有奕巳一口氣將底牌說了出來。果然，神祕人停下了動作。

「離開卯星？」他壓低了聲音，「怎麼回事？」

「你也注意到這顆星球上奇怪的磁場了吧？」有奕巳道：「你以為這裡的磁場只會對人產生影響，對飛船和穿梭艦不會有影響嗎？」

「……的確，我們是空降下來的，穿梭艦停留在平流層根本沒有登陸……」神祕人細細一思考，也發現了問題所在，「這才是測試的真正目的？考驗我們怎麼離開卯星？」

和聰明人說話就是省力氣。

有奕巳點點頭道：「我也是這麼想的。北辰軍校應該早就發現了這星球上的異樣，所以搶奪積分只是個幌子，如何成功離開星球才是真正的測試。你也看到了，這裡到處都是奇怪的磁場，穿梭艦不可能降落。然而……」

「你已經想到了辦法。」那人終於鬆開他。

感到雙手被鬆開，有奕巳鬆了一口氣，終於有精力回頭看人，他一回頭，卻忍不住驚呼。

「妳是女生?!」

眼前站著一名身材高眺，紮著俐落馬尾的女生，長相倒是普通，可是這氣勢實在不像一般人。

「女的怎麼了？」她瞥了有奕巳一眼。

「不不不，巾幗英雄，實在佩服。」有奕巳看她每一步都避開了磁場範圍，可見剛才這人在暗處時，已經把有磁場的地方都記在了心裡。

可是剛才貼得那麼近都沒察覺到對方是女性，那……

「想什麼呢！」

一道銳光從耳邊劃過，割斷幾絲黑髮。

有奕巳一抬頭，就見對方怒瞪著自己，插在樹幹上的匕首還在微微晃動。

「沒什麼。」他苦笑，「我們能談個交易嗎，這位……」

「衛瑛。」女生拔下匕首，「你要談什麼？」

「合作。妳拿到的牌子全部歸妳，但是我希望妳能加入我的陣營，並提供我需要的說明，我則保證帶妳離開卯星。如果不相信我，我們可以立契約。」

「不用。」衛瑛道，「條件合理，我答應你。」

這下輪到有奕巳說不出話來了，「妳不懷疑我嗎？」

「我爺爺說過，要相信一個人就不要懷疑。而且你是星法學院的考生，契約就是信仰，既然你能說出立契，我認為你不會做出違背原則的事。」衛瑛看了他一眼，「不過你這次風頭太盛，未必是件好事。」

「謝謝。」有奕巳真誠道：「第一次有人這麼說我，都有點不好意思了。」

衛瑛瞥了他一眼，也不知道他究竟有沒有聽進自己的勸告。反正，終究是別人的事，她沒心思管太多。

「現在要去哪？」英姿颯爽的女子收起匕首，問。

這麼爽快乾脆？有奕巳暗暗稱讚道：「先回去看看那些人怎麼樣了。」

衛瑛答應。

兩人卻沒想到，再回到湖邊時，看到的竟然是這樣的場面——

湖邊「浮屍一片」，上百個人癱倒在地，捂著手捂著腳，齊齊發出痛苦哀鳴，場面實在可怕。這麼多人中，只有一人站著。

聽到腳步，那人回過身來。

有奕巳猝不及防地對上了那對還未褪去殺意的眼眸。

是他。

看見少年有些蒼白的面容，慕梵閉了閉眼，再睜開時，已經恢復清明。

「你去哪了？」他出聲問，並不把站在有奕巳身後的衛瑛放在眼裡。

有奕巳張了張嘴，想要說話，卻被慕梵身上的血腥氣震懾得開不了口。哪怕兩世為人，前世生活在和平世界，今世也從沒有經歷過戰爭的他，從未見過像這樣的場面。

他知道慕梵不是人，只是沒想到這位非人生物的實力會強橫到這種地步。猶如從地獄中走出的惡魔，慕梵不顧周圍哀聲，輕輕擦去臉上濺到的些微血跡，不在意地抹去。亞特蘭提斯人，鯨鯊血統，有奕巳徹底明白，為何共和國會對這個種族懷有數百年的恐懼。

「……怎麼？」

見有奕巳沒有回話，慕梵有些不快地皺起眉，走上前想抓住有奕巳的肩。

「你做什麼！」衛瑛攔住他。

看見少女眼中的戒備與警惕，慕梵不屑地笑了笑。

「出去一趟，還找回一個忠心的騎士？我真是小看你了。」在兩人都沒反應過來前，他越過衛瑛，一把抓住有奕巳的手腕，把人拉到胸前。

「疼疼疼！」

有奕巳臉色慘白地痛呼。

慕梵冷哼一聲，鬆開了手，「我看你還要逞強多久，什麼時候受的傷？」

受傷？衛瑛一愣，放下匕首。她剛才和有奕巳僵持那麼久，怎麼都沒發現他受傷？

被詢問的有奕巳只是苦笑，並不回話。

不過哪怕他不說，慕梵也能猜到，大概是被那群找麻煩的考生踩在腳下時受的傷。

「肋骨斷了一根。」他在有奕巳身上摸索一陣，「你異能等級太低，這種傷勢還不能自癒，我去幫你找幾根樹枝來固定。」

「哦，謝、謝謝……」有奕巳一愣，沒想到一向不太合群的王子殿下，變得這麼好心。

其實，慕梵也摸不清自己的心思。有奕巳受傷，是在他眼前發生的，甚至能說是他默許的。自從有奕巳整頓什麼反圍剿計畫開始，他就等著那群人找上門來後，再找藉口離開。這一切，就是為了看看有奕巳會怎麼應對。然而，意料之內的受傷，還是讓他不太開心。

感覺就像自己豢養的小獸，還沒養大，卻被別人拔了毛。

他走向林子裡，隨手折了幾根適合的樹枝回來，走到一半就看到踩傷有奕巳的罪魁禍首躺在地上。那個大塊頭不知道被自己打斷了哪根骨頭，躺在地上哀嗚連連。

「……哼。」慕梵心想，活該。

「那就是亞特蘭提斯二王子？」這邊廂，衛瑛小聲地問有奕巳，「你們關係不錯？」

「關係嗎……呵呵，我也不知道。」有奕巳苦笑道，「這些大人物的想法，和我們不太一樣。」

衛瑛點了點頭，「他畢竟是亞特蘭提斯人，不要和他太過親近。萬一以後發生戰爭……」

「啊啊啊！」

兩人正議論到一半，突然聽到一聲淒厲的哀鳴，連忙聞聲看去。

「不好意思。」

只見慕梵站在一名考生旁，毫無誠意地道歉：「樹枝擋住，沒看見你的腳。」

可是他手裡那根樹枝分明沒有粗到能擋住視線……什麼叫睜眼說瞎話，有奕巳算是見識到了。

慕梵根本不在意別人怎麼想，他跨過那發出殺豬般叫聲的考生，朝兩人走去。

有奕巳眼尖，馬上就認出那個倒楣鬼正是踩傷他的那人。他看著走到眼前的慕梵，情緒有點複雜，王子殿下是在替他報仇嗎？

「你怎麼能那樣做！」

衛瑛站起身，「他們已經被你淘汰了，你還傷害他們？如果是在戰場上，這種行為就是虐待俘虜！」

「如果是在戰場上，」慕梵瞥了她一眼，「他們不會活到現在。」

衛瑛一時語塞。

有奕巳連忙拉住這個正義感太過強烈的新同伴，「好了好了，只是意外而已。嗯，慕梵……」

「只是意外。」慕梵也不欲與她多說，將樹枝扔過去，「自己包紮。」說著人就走到湖邊，看著湖水靜坐，不知是在想事情還是發呆。

「我來吧。」衛瑛沉默了一會，拿過樹枝，撕下一塊布條幫有奕巳把前臂固定住，以防他再次受傷，「剛才不知道你受傷，抱歉。」

「沒什麼，是我刻意隱瞞的。」有奕巳不以為意，「而且那時候我們是敵人嘛，妳做的又沒錯。」

衛瑛深深看了有奕巳一眼。她看得出他的異能等級並不高，還不能突破體障，不受一般肉體傷害困擾。就算這樣，這人還能忍痛與人周旋，並且一直不被發現，實在令她佩服。

「你雖然實力不強，卻有著堅強的意志。」她總結道，「如果你參軍，一定會成為一名優秀的士兵。」

「咳咳……」有奕巳咳嗽幾聲，差點又震到傷處，「謝謝。不過我的理想是成為一名檢察官，大概不會加入軍隊了。」

衛瑛有些遺憾地嘆了口氣。

有奕巳覺得好笑，這個姑娘正義感極強，也喜歡管些閒事，但卻能克己復禮，倒真有點騎士風範。

「說起來，離考試結束還有多久？」有奕巳問。

「不到兩個小時。」

「是時候準備離開了。」有奕巳嘀咕道：「不過現在人手不夠，得把人找齊才行……我先聯絡一下伊爾。」

他說著，打開通訊器隊內頻道就開始呼喚人。沒響幾聲，對方就接通。

「喂，伊爾。」

「……蕭奕巳？」

然而，那邊傳來的卻是一個陌生的聲音。

有奕巳一愣，表情立刻變得嚴肅，「你是誰，我的同伴呢？」

「你不需要知道我是誰。」對方說，「你只要知道，你的兩個隊友在我手上。」

這麼經典又老派的綁架臺詞，有奕巳一時有些愣住了。但畢竟事態嚴重，他壓下其他情緒，平靜地問：「說出你的要求。」

「一，給我們足夠的號碼牌；二，將離開卯星的方法告訴我。」接通通訊的人說道：「只要完成這兩個條件，我就把人還給你。當然，如果你捨不得，就帶著那些積分牌子自己離開吧。反正，在我手裡的也只是兩個無關緊要的小角色，是不是？」

有奕巳被氣笑了，又問了一遍：「你是誰？」

「測試結束後，你就會知道了。等你的回覆。」對方掛斷了通訊。

有奕巳握著通訊器咬牙切齒了好久，再次抬起頭時，慕梵和衛瑛都向他看來。

「出了點問題。」他說，「伊爾他們被抓住了。」

「呸！」沈彥文一口吐出嘴裡的破布條，叫罵道：「混蛋！小人！偽君子！有種你們就殺了我，不然爺和你們沒完！聽見沒，小人！」

負責看守的人頭疼地看著他，「這傢伙一直吵，怎麼辦？打暈他？」

「你敢！」沈彥文瞪著他。

「讓他罵吧。」另一人回，「這傢伙是沈家的人，我們動不得，看牢就行了。不過另一個就沒這麼好命了，怎麼樣，問出消息沒？」

看守搖搖頭，「沒有，那傢伙嘴還滿硬。」

「你們放開伊爾，聽見沒有！」沈彥文更急，拚命踢著地上的泥土，卻沒有人理會。

「可惡！該死！」他怎麼也想不明白，按照有奕巳的計畫行動的他們，為什麼會被這幫人捉住。

另一邊，被特殊關照的伊索爾德，正在接受訊問。

「你們手裡的藍色石頭，是在哪裡找到的？」

「你們隊伍現在有幾分？」

「還有幾處祕境？」

「離開卯星的方法是什麼？」

無論派人問了多少遍，伊索爾德都不回答。即便訊問的人把他身上的藍石奪走，再把他丟進磁場祕境，伊索爾德仍一聲未吭。

「真能忍，我聽說這傢伙異能有六級，在裡面很不好受吧。」有人不忍心道。

「他是我們的敵人，沒必要同情。」

伊索爾德忍耐著即將脫口而出的呻吟，仔細思考，究竟是哪一步出了紕漏？他們帶著藍石，小心地充當誘餌，走在磁場範圍。這本來不會引來危機，卻落得如今被人魚肉的下場。

藍石的祕密怎麼被發現的？這些人盯上他們多久了？蕭奕巳那邊有沒有得到消息？

和急躁的沈彥文不同，哪怕身處逆境，他也能靜下心來思考。

「少、少校！」

旁邊人的聲音突然變得緊張起來，伊索爾德聽到一個奇怪的稱呼。

少校？軍校的考生裡，還存在有軍銜的人嗎？

「還沒有回答？」一個聲音問。

下一秒，伊索爾德便感覺到有人抬起了自己的下顎。

「哼，還滿倔的嘛。」

伊索爾德看到了一頭燦爛如火的頭髮。

一個紅髮青年笑看著他。

「你好，亞特蘭提斯的星鯨大人。」

伊索爾德呼吸一窒，這是除慕梵之外，第一次有人道破他的身分！如果被其他人知道……

「不用擔心，周圍的人都被我打發走了。不過，如果你不想他們知道你的身分，最好老實交代。」紅髮青年放開他，坐在一邊的石頭上。

「不然我可不保證，當他們知道手裡的俘虜是亞特蘭提斯人，還是當年屠戮北辰星系的星鯨家族成員，他們會怎麼對你……你們亞特蘭提斯人當年是怎麼對戰俘的？」

伊索爾德深吸一口氣，抬眼看向對方。

「你是誰？」

「好巧，你們隊長剛才也問過我。」紅髮青年大笑，「我沒告訴他。不過，看你能在磁場裡忍那麼久，我就破例告訴你。」

「我的名字是沃倫．哈默。」

哈默！

即便是被家族排擠的伊索爾德，也知道如今銀河第七共和國的總統姓氏是哈默。這個姓，就像繁榮了千年的中央星系那樣，延綿數十世紀，從未黯淡。

如果說，過去萬星家族執掌軍事，是所有軍人的嚮往和精神領袖。那麼，哈默家族就執掌著共和國的政脈。

總統、上議院議長、最高法九位大法官……這些共和國中最頂級的人物裡，有大半都是哈默家族的盟友。因此也有人說，哈默家族相當於共和國的王室。

「我還以為是誰。」伊索爾德震驚過後，卻是了然，「原來是惡狐哈默家的人，你能抓到我們，也不奇怪了。」

因為這一家族總是出政客，而且是老奸巨猾的政客，私底下就被敵對勢力稱為「惡狐」，不算什麼好聽的稱呼。但是，這也顯示了哈默家族的能力。

本來還懷疑自己是哪裡露了馬腳的伊索爾德，明白對方的身分後，隨即釋然。有些人，天生就比別人敏銳，比如有奕巳，比如眼前這位。

「喂喂，不要把父輩的恩怨牽連到我身上啊。」沃倫．哈默苦惱道：「我就納悶了，憑什麼北辰有家有『萬星』那麼酷的外號，到了我家就成了『惡狐』？」

「再風光的名號，也抵不過實際掌握權力的一雙手。萬星家族輝煌一時，卻不像哈默家族延續千年不倒。這樣，你還需要羨慕他們嗎？」伊索爾德意有所指道。

「停住！你再說下去，我真的要忍不住對你動手了。」沃倫．哈默道：「言歸正傳，我們談點正事。」

他扔著手中的藍石，「這些石頭，你們是從哪裡找到的？它為什麼會有遮罩磁場影響的功效？」

伊索爾德看著被他搶走的藍石，心裡微微不快，惡劣道：「你想知道的話，舔一口試試吧。」

「你糊弄我？」

伊索爾德一本正經道：「藍石能抵擋磁場，是因為它本身與眾不同。要分辨，看外表是看不出來，只是嘗起來會感覺有些微澀。」

沃倫似信非信地看著他，「這麼老實就說了？」

「那是因為我知道，在哈默家族的人手裡，不說實話只會更慘。」

「說了別把我和那幫老狐狸相提並論！」沃倫面露不忿，手裡拿著藍石，猶豫著要不要試一試。可他剛放到嘴邊，就注意到伊索爾德莫名炙熱的視線，突然打了一個寒顫。

「你，過來，幫我試試這顆石頭。」他喊來一個考生，替他品嘗。

伊索爾德有些失望地垂下視線。

「哈默少校，有點澀！」

「再多舔幾口，其他顆都試一試。」

「少校，都是澀的，好像還有一股怪味……」

聽見一幫人在那裡興致勃勃地品嘗著有奕巳從糞便裡掏出來的結石，伊索爾德忍著反胃，問：「相信我說的是實話了吧？」

「信了。」沃倫跨過幾步，蹲在他面前。

「你把祕密說出去，不怕那個蕭奕巳氣你背叛他？我聽說，剛才米菲羅那個傻瓜帶去的人都全軍覆沒了。你們隊長，真不是好惹的。」

蕭奕巳計畫成功了？伊索爾德心底浮上淡淡的喜悅。

「他不會。」他說：「如果是他被俘虜，他說出來，我們也不會生氣。」

沃倫奇怪地看著他，「你們不是才認識幾天嗎？」

「朋友之間的情誼，和時間長短無關。」伊索爾德說。

「朋友？哈！」沃倫用鼻子表示不屑。

沒過多久，一個黑髮的青年過來找他。

「沃倫，蕭奕巳那邊來聯繫了。」

「他怎麼說？」

「同意我們的所有要求，但是他們提出在湖邊交易。」

「湖邊？」沃倫懷疑道：「那邊有磁場嗎，還是湖裡有什麼古怪？」

「我問過了，那只是一個普通的湖。」黑髮青年問：「要去嗎？」

「去！他把地點選在一個開闊地，對自己反而沒有好處。人家都這樣了，我們還退退縮縮成何體統？走，單刀赴會！」沃倫揮著手道。

「你們不帶人手了？」伊索爾德斜眼瞧他。

「嗯……帶一百多個人吧。」

果然是哈默家的人，老奸巨猾。

聽到交換消息的伊索爾德卻沒有鬆一口氣。他在擔心有奕巳，沃倫．哈默人多勢眾，又握著人質，他會不會吃虧？

「放心，我吃什麼都好，就是不會吃虧。」

有奕巳吐出一根魚刺，不在意地回答衛瑛的詢問。

「可是……」

「別擔心了，妳就照我的形容繼續去找那些石頭，越多越好。」天色已經有些暗淡，最東邊的天空開始呈現出近乎深藍的色彩，恆星向西方墜去。

這顆星球上，就連恆星升起落下的方向也和地球上一樣呢。

有奕巳感慨著，摸著圓滾滾的肚子，躺在草坪上。

嘩啦啦——砰！

一大堆樹幹重重倒在有奕巳耳邊，震得他一嚇。

「你要的樹。」

慕梵扔下幾根巨木，冷眼瞅著有奕巳。

「告訴我，要這些樹做什麼？」

看出被指使的王子殿下有些不開心，有奕巳訕訕一笑，遞出一根烤魚，「別急別急，先吃條魚壓壓驚。」

慕梵瞅著抵到嘴邊的烏黑烤魚，嫌棄地撇了撇嘴。就在有奕巳以為他根本不會吃時，對方卻突然張開嘴，一口吞下了整隻烤魚。

他剛才看到了什麼！

有奕巳看著被咬斷的樹枝，摸著自己差點被咬下的手指，顫抖地指著慕梵，「你……」

「鯨鯊一族有鯊的特質，必要時口腔可以大幅度開合，吞下大於自己頭部的獵物。」自以為嚇到了他，慕梵好心情地解釋，「所以……」

「你竟然一口都不嚼！」有奕巳悲憤地打斷他，「這可是我做得最好的一次烤魚！暴殄天物！」

「……」慕梵心想，還以為這個粗神經的傢伙會被嚇到，自己著實太天真了。

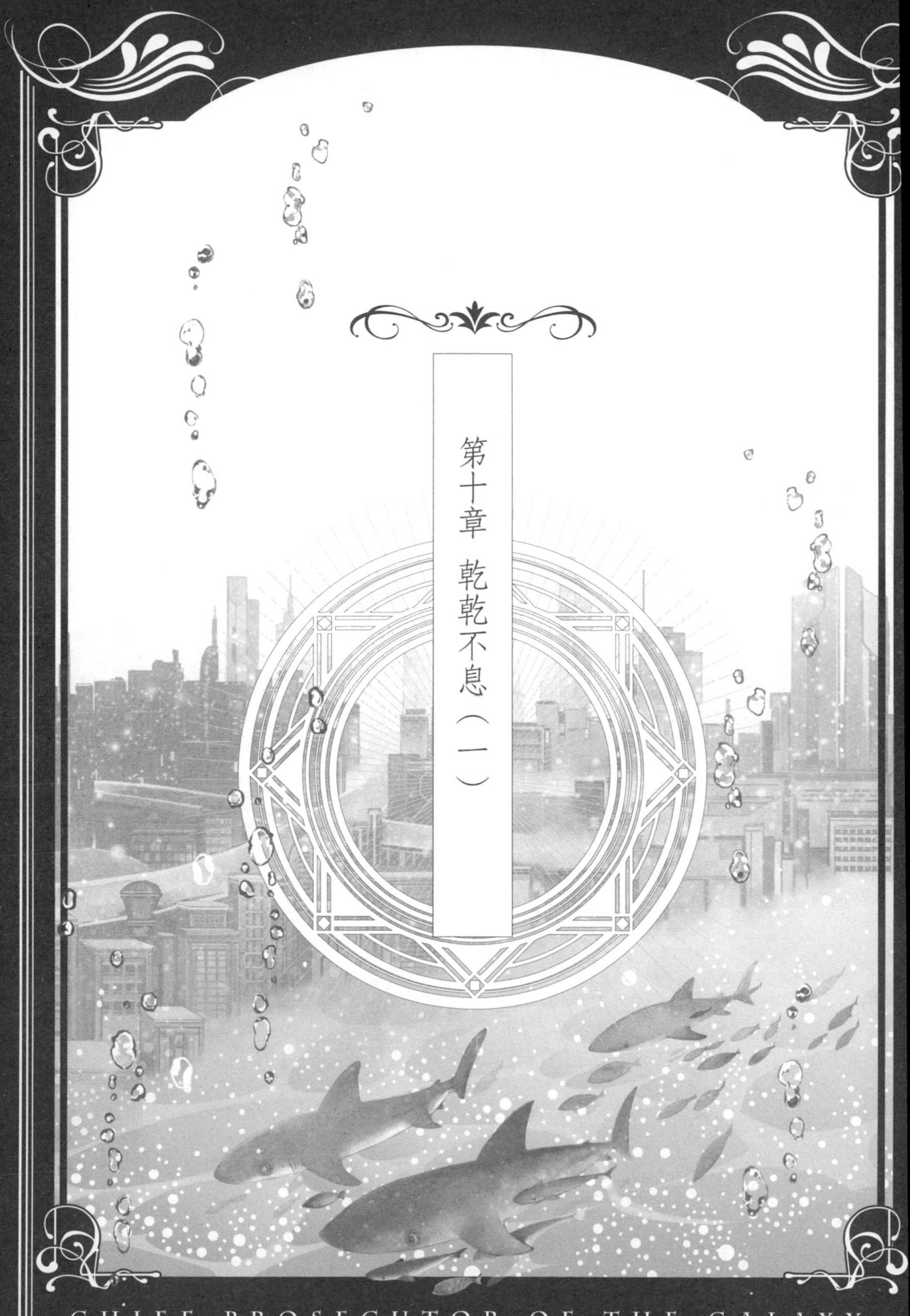

第十章　乾乾不息（一）

衛瑛回來時，看到的就是有奕巳坐在篝火邊烤魚，慕梵面無表情地一條接著一條地吃，一口一條。

因為得罪了尊貴的王子殿下，有奕巳現正被懲罰當無償烤魚夫。

她路過時看了一眼慕梵，驟然看到那形狀優美的嘴變成血盆大口，嚇得手裡的匕首抖掉在地。慕梵不甚有興致地抬起頭看了她一眼，撇撇嘴，沒有嚇到想嚇的人，沒什麼成就感。

當衛瑛慢慢撿起匕首，回到有奕巳身邊時，看向慕梵的眼神還有些戒備，心想亞特蘭提斯人果然都是怪物。

「情況怎麼樣？」烤魚夫頭也不抬地問。

調整了一下情緒，衛瑛回報道：「我回來時，看到監察組那些人在收拾『屍體』。」

所謂的「屍體」，自然是指被慕梵解決的那幫人。用有奕巳的話來說，這種對敵我實力把握不清、上來就惹事的人，簡直是送上門的肥肉。也因此，他們這個小隊加上衛瑛手裡的分數，已經突破總積分一半了。

監察組的人除了監視考生們的行動，就是負責這些處理被淘汰的人員。

「被他們發現了嗎？」

「沒有，我避開他們了。」

「找到了多少？」

衛瑛拿出身後的背包一抖，掉了滿滿一地的藍石。

即便是有奕巳這樣不要臉的人，和慕梵這樣不把人放在眼中的高等貴族，看到這一地藍石時，也愣了一下。

「這麼多！」

「你說要找草食動物糞便裡的結石。」衛瑛說：「我就把附近能找的地方都找了一圈，一共找到兩百三十七隻草食動物，共有四百三十三堆糞便。其中有三百堆糞便裡沒有結石，我只能……」

「只能？」有奕巳好奇地張大眼。

「尋找出排泄結石的動物種類，再去等牠們下一輪排泄啊。實在不行，就想辦法讓它們多上幾次。」衛瑛道：「就算這樣，也才不到四百顆藍石，抱歉……」

「不，做得很好！」有奕巳熱淚盈眶地看著她，「人手太少，我才不得已讓妳讓一個如花似玉的女孩子，頂著被人發現的危險去翻糞便。沒想到妳做得這麼好，超出我的預料了……衛瑛啊，妳真是新時代的優秀淘糞工，不，是新時代的——」

「夠了。」

慕梵冷冷打斷扯淡的有奕巳，看向臉紅到不知所措的衛瑛，「洗手沒？」

「……沒來得及。」

殿下不悅道：「那還不去？」

大概是慕梵的口氣太理所當然，衛瑛一時沒反應過來，竟然真的乖乖去洗手了。再說，她一個女孩子，也實在受不了手上有異味。

等衛瑛洗完回來，慕梵就開始詢問。

「可以告訴我們原因了吧？收集藍石和讓我砍掉湖邊這些樹，究竟是為了什麼？」

「不要著急，等我先數一數衛瑛究竟帶回多少寶貝石頭……」

看著蹲在地上猜謎一般數著結石的有奕巳，慕梵實在忍無可忍，活動了一下手指。

砰！

腦袋上挨了一拳，有些興奮過度的有奕巳才乖乖坐下，跟兩人解釋。

「我這麼說好了。」他說：「你們有沒有注意到，自從我們來到湖邊後，是不是經常看到監察組的人？」

衛瑛說：「這不奇怪吧，他們負責監督以防止出現意外，每屆都是如此啊。」

「那我問妳，每屆異能測試都在卯星上舉行嗎？」有奕巳反問。

衛瑛回不了話。

「別忘記，穿梭艦不能降落在這裡！那些監察組的人也要和我們一起返回主星，他們怎麼回去、那些被淘汰的考生怎麼回去，你們有沒有想過？」

這的確是個問題，慕梵看了遠處一眼。

「所以你的意思是，搶奪監察組的返回工具？」

「……殿下，您除了搶搶搶，腦子能不能有別的念頭啊？」

感覺被鄙視的慕梵莞爾一笑，「我還喜歡一口能吞下的食物。」他朝有奕巳露出閃閃尖牙。

能被一口吞下的有奕巳立刻乖了，「對不起，是我多嘴。」

「繼續說。」

「是是是……還有一點，學校定的測試結束時間是日落後。」他看著天邊只剩半個尖尖的恆星，「是不是意味著，有些事只在日落後才發生？你們想會是什麼？」

衛瑛還不甚理解，一直生活在海洋系星球的慕梵早已看出了端倪。

「果然是這個。」慕梵道。

「就是這個。」有奕巳點點頭。

看著兩人打啞謎，衛瑛忍不住問：「哪個啊？」

有奕巳指著幾乎快全部落下去的恆星，又指著另一側天空緩緩升起的一顆伴星，「卯星雖然被定義為衛星，其實它自己也有一顆小的伴生衛星——卯衛一。我查過資料，每個星月第十個夜晚，卯衛一正好轉到公轉軌道上與卯星距離最近的位置，此時它的引力對卯星的影響是最大的。而在晚上，恆星也正繞到我們所處位置的背面。此時三者的引力與慣性力相互影響，就會引發夜汐。」

他說著，神祕一笑，「今天就是第十個晚上，你們聽。」

嘩啦……嘩啦……

細碎的聲音從身後傳來，像是有無數人在耳邊竊竊私語。

衛瑛吃驚地看去，「湖水漲起來了！」

他們原本坐在離湖邊有點遠的位置，此時湖水竟快漲到三人身邊了。

有奕巳看著地上，隨著潮水漲起而亮起幽光的藍石，又看了眼慕梵砍回來的那些樹，樹枝上的葉片正在微微發亮。

「引力的改變，對這些石頭也有影響？那些樹又是怎麼回事？」衛瑛見狀問。

有奕巳說：「我觀察發現，這湖看似普通，但是裡面蘊含的某種物質卻能抵抗磁場影響。在這周圍，只有湖泊和湖邊地區，是絕對不受磁場影響的。而生長在密林中的樹木吸收了湖水，枝葉中自然含有這種物質。在這些樹木的周圍，磁場會失效。」

他接著道：「那些吞食了這種樹葉的動物，因為消化不了這種不明物質，只能將它排出體外，這就是我們用到的藍石。不過歸根結柢，起作用的是湖水。」

「湖水開始上漲，會形成一定的無磁區域，這時穿梭艦就可以在湖上降落。」

慕梵看著逐漸擴大的湖邊，「所以當時那個人提醒你遠離水域，其實是一種暗示。」

「對。」有奕巳說，「森林裡只有部分地方不受磁場影響，也有部分草食動物能產出藍石。這說明，不是每一種樹木都能吸收湖水裡的物質。只有在能吸收這些不明物質的樹木附近，磁場會失效。而我讓你砍掉的這些樹，就是這一種。」

他露出一個笑容，「沒有了這些特殊樹木的遮罩，湖邊附近的所有區域都變成磁場範圍，而能起到保護作用的藍石……」

也已經全數被衛瑛搜刮乾淨，一時之間，不可能出現更多了。

現在湖泊附近，其他人已經進不來了。進不來湖邊，也就無法離開卯星。

有奕巳的反圍剿計畫，這才真正達成！

一時間，另外兩人都沉默地望著他。

「當然，我也不能肯定我的猜測百分之百正確。」有奕巳揑起地上一塊藍石，「再過不久就會知道了。在那之前，要做好準備迎接客人。」他看著兩人，黑色的眼瞳一閃一閃，綻放著光芒。

「接下來才是真正的以一敵百，你們做不做？」

衛瑛用力地握拳，感覺到血脈裡的熱情久違地躁動起來，正要應聲。

有人潑了冷水，「即使這樣，你還有人質在他們手裡。」

慕梵指了指地上那堆牌子，都是本來聚集在湖邊，被他解決掉的那些考生的遺物。「以一敵百的事，也有人做過了。」

如果說有奕巳是以智取勝，慕梵就是以力克敵。前者需要慢慢布局，消耗不少資源，後者只需單純的強大就足夠。

這個有人指的不就是你自己嗎？有奕巳忍耐道：「以殿下的能力，一定不會在意這些吧。但我們不能與你相提並論，所以接下來的事，還需要殿下幫忙。」

慕梵高傲地回答：「我可以勉強幫你一把。」

有奕巳咬牙切齒地看著這個他，「殿下大恩大德，蕭奕巳感恩不盡。以後若不報答，我就不姓蕭。」

慕梵奇怪地看著他，「那你姓什麼？難道想跟著我姓？」

「呵呵……」有奕巳心想，燈泡王子，你想太多了。

沃倫・哈默帶著一幫人趕到約定地點時，天色已經全黑。樹林裡安靜得異常，不僅沒有動物，甚至連飛鳥昆蟲都消失了。

「停下！」他舉起手，示意跟來的人，「好像有點奇怪。齊修，前面就是湖泊嗎？」

一直走在他身側的黑髮男子開口，「應該還有一段距離。」

他們早已探聽清楚，這附近哪裡不能走、哪裡可以安全行走。不如此，沃倫哪敢帶著人找上門。

這一會，他又有些不確定了。

像是為了驗證他的預感，很快就有人回報。

「少校，前面有人中招了！」

所謂中招，就是踏入磁場範圍，被限制了能力無法動彈。

「怎麼可能？」沃倫驚訝，「我們走的這條路應該是安全的。」

他說話間，耳邊已經聽到細碎的聲音，彷彿有千軍萬馬正踏過叢林，向他們包圍而來。來不及尋思，沃倫翻身上樹，透過樹林枝杈，終於看清聲音來源。

湖水呼嘯著襲捲過一片樹林，將沿路遮擋的事物全都侵吞而盡，而那被淹沒的地方，離他們不過百米遠。

從未見過潮汐的沃倫下巴都快掉下來。

見鬼，這湖水活了?!

不止是沃倫，在場的大多數人都沒有見過潮汐。不，即便在三大星系七大星域，除了特地研究這一範圍的專家，也很少有人知道潮汐是什麼。

在地球上，形成潮汐的是日月引力以及地球本身的作用力。而在共和國和帝國，很少能找到一個星球，既擁有一顆伴星，距離恆星也是遠近適宜。這樣嚴苛的條件下，只有少數星球才會有潮汐。

除了慕梵這樣，從小輾轉在各種海洋氣候星球生活的天之驕子外，便是自稱海神後裔的亞特蘭提斯人，也很少見過真正的潮汐。

此時，有奕巳坐在樹木簡易拼成的木筏上，看著湖水大量漲起，感慨道：「萬馬奔騰也不過如此。這湖底下，肯定連接著一處十分龐大的地下水源。」

慕梵不予置評，他沒有坐在木筏上，而是端坐在水中。身下的湖水彷彿與他隔絕了一層，不會沾濕他，也不會吞沒他。偶爾從周圍遊過的魚兒，還會不由自主地被吸引，主動湊到他身邊。

有奕巳看著有些不是滋味，「要是有這種能力，我還去釣什麼魚啊。」

慕梵看了他一眼，某人不敢繼續說了。

「他們到了。」慕梵說：「接下來怎麼做？」

「目前能找到的藍石都在我們手上，他們這麼多人，根本無法全部穿過磁場的範圍。」有奕巳說：「你等著，這領頭的如果不笨，很快就會送上門來。」

「我就是太笨，才以為這蕭奕巳會拿我們沒轍！」

另一邊，沃倫正揉著一頭紅髮，有些惱怒，「你說他是不是算計好的？引誘我們過來，製造這些動亂……眼看測試要結束了，我們退也不是進也不是。」

齊修提醒他，「我們還有人質。」

「但是他有更多人質。」沃倫指了指周圍的人，「現在前有湖水氾濫，後有磁場擋路，我們進退不得。你、我，還有跟著我們的那些人，不都成了他的人質？」
沃倫嘆了口氣，指著前面暴漲的湖面。
「如果我沒猜錯，這湖水就是他的依仗，也是他拿捏我們的把柄。」
「湖水？」
「湖水好端端地怎麼會暴漲，肯定與蕭奕巳脫不了關係。」沃倫過於高估有奕巳了，某人還沒厲害到可以控制自然現象。
「那該怎麼辦？」
沃倫嘆了一口氣，「事已至此，只能再拚一把了。」
他看著前方的湖泊，緩緩起身。
與有奕巳預想的一樣，他等的人很快就出現了。
然而，當他看見一個紅髮的傢伙頂著一頭樹葉從樹林裡竄出，身上還背著伊爾時，實在有點哭笑不得。
自己等待已久的最後對手，竟會用這種出場方式。
「蕭奕巳？」沃倫邊摘下了頭上的草葉邊問道。
他胸前掛著有奕巳給伊索爾德他們的藍石，就是這最後幾塊流落在外的藍石，讓他平安到達了這裡。
「是我。」有奕巳好整以暇地坐在木筏上，「敢問尊姓大名？」

「叫我沃倫就好。」沃倫四處看了看，本來還狐疑不定，突然發現一路走來臉色蒼白的伊索爾德，神色突然好了很多，似乎不再受磁場影響。要不是身體還被綁著，這傢伙大概可以活蹦亂跳了。

「這……」沃倫先是驚訝不已，隨即他苦笑一聲，「果然，這才是真正的安全區。湖水是用來克制磁場的吧？」

有奕巳不置可否。

沃倫四處環顧，嘖嘖稱讚，「湖面擴張到這麼大，穿梭艦都可以降落了。原來是這樣，這才是離開卯星的方法！」

他不比有奕巳笨，只是缺了先機。此時將線索聯繫到一切，他很快便明白事情怎麼回事了。

再看到有奕巳屯了一木筏的藍石後，沃倫看他的眼神整個變了。

「先囤貨，後拿人把柄，我怎麼就沒想到呢！」他原地走了兩圈，倏地停下，「那些石頭，賣不賣？」

「當然賣。」有奕巳笑嘻嘻，「你要拿什麼來買？」

「你的兩個隊友不至於一文不值吧？你覺得他們值多少？」沃倫話裡帶刺。老狐狸。

有奕巳心裡狠狠罵了一句，皮笑肉不笑。「你可以用他們換取自己隊伍需要的藍石分量。還是你認為，你們小隊的其他幾人，比不上我這兩個隊友？」

奸詐狡猾！沃倫同樣在心底狠狠罵了一句，面上卻帶著笑容。

「我們可以再商量一下……」

他面上繼續和有奕巳討價還價，心裡卻在默默數數，不忘留神觀察周圍動靜。

十五、十四……三、二、一！

木筏周圍掀起波浪，一人從湖中潛水而出，直接攻向有奕巳！

明修棧道，暗度陳倉。

比起交易藍石，沃倫真正的目的是擒住賊王！他讓齊修帶著另一顆藍石由湖中慢慢游近，就是為了等待時機。

「誰！」

然而，有奕巳身邊也不是沒人守護，衛瑛立刻掏出匕首抵擋。兩人對戰了幾回，竟然不分上下。

「是你！」看清對方面容，衛瑛咬牙道：「齊修！」

齊修沒想到，木筏上還會遇見熟人。他躲過衛瑛的一擊，不理會她，繼續攻向有奕巳。哪怕有奕巳異能已經升級，區區一級，對付這些真正的高手也是螳臂當車。何況，他現在還受了傷。

衛瑛顧忌對方是熟人，也不好施展，一時之間倒被這個不速之客占了上風。

慕梵那個混蛋！有奕巳又躲過對方一擊，捂著隱隱作痛的胸口，滾到木筏尾端。那傢伙去了那麼久，事情究竟辦好了沒？

「小奕！」同樣被制住的伊索爾德，心憂著戰況。

「放心，我屬下出手有分寸，不會傷到他。」沃倫說。

伊索爾德怒道：「你出爾反爾！」

「說得好像你們隊長不出爾反爾似的。我敢說，要是真的把你們交換過去，他也不會讓我們如願。」沃倫感慨，「這北辰軍校，今年真是來了一群又一群的奇才，先是那個亞特蘭提斯王子，再是蕭奕巳。說實話，我滿佩服這個蕭奕巳的，比起那個只懂武力的慕梵，他還是滿有腦子……」

「只懂武力？」

「是啊，聽說那位王子殿下在帝國就是以戰力出名的。」沃倫嘖嘖有聲，「還好他不在這裡，這樣的暴力分子如果遇上了，我就只能……你怎麼了？」他看著突然安靜下來、表情變得古怪的伊索爾德。

「如果遇上了，就怎麼樣？」

聲音是從身後傳來，沃倫這才注意到，剛才與他搭話的人並不是伊索爾德。

那是誰？

他一個矮身前竄，順手抓起伊索爾德往後一扔，借著空隙整個人躍出數十步。

「慕梵！」明白真相的沃倫，頓時有些頭大。

「你怎麼會在這裡？」他一直以為，慕梵是與有奕巳分道揚鑣了。

慕梵不多話，放下背上的沈彥文，解開伊索爾德的束縛，將人交給他。接著他揉了揉胳膊，向沃倫・哈默一步步走去，嘴角噙著一絲笑意。

「沃倫・哈默，惡狐家族的風采，我倒想領教一番。」

「真的要打？我收回前言成嗎？」這是一個比有奕巳還不要臉的。

慕梵不說話。

「好吧，事已至此。」見局勢已不可挽回，沃倫深吸一口氣，慢慢地沉下心，說話間，他耳後的頭髮一絲絲亮起，紅髮猶如被點燃的火焰，在黑夜中燃燒，分外醒目。

「只能放手一搏了。」

異能七級，日階異能！聽說凡是抵達這一層的人，在使用時都會現出異狀。

伊索爾德抱著昏迷的沈彥文後退一步，觀看兩方戰場。

木筏上的爭鬥依舊沒有結束，三人間的貓捉老鼠遊戲持續著，傷患有奕巳的體力卻已經有些不支。

「齊修，你這個叛徒！」衛瑛自從看到這個陌生人後，情緒就一直失控。

有奕巳看得出來，這個偷襲者似乎故意讓著衛瑛。

明明實力在她之上，卻一直沒有下狠手，只是用一些拳腳功夫，並沒有真的用上異能。

衛瑛雖然情緒不定，但也不想白占別人便宜，兩人赤手空拳地交鋒，倒讓有奕巳多了一些喘息時間。

不過再等一段時間，有奕巳就真的要撐不住了。畢竟作為異能廢柴，他周旋的時間已經超出了能力範圍。

慕梵！你要是再不搞定，我真的要跟你姓了！有奕巳心裡咬牙切齒地詛咒著，下輩子投胎當你兒子，坑你一輩子！

就在此時……

「停手！」湖岸邊一人高喝，「快住手，否則你們少校的號碼牌就保不住了！」

齊修一頓，被衛瑛趁機打入了湖。

有奕巳循聲望去，只見剛才還叫囂的沃倫，雙手被慕梵反壓在地，吃了一嘴的泥，紅髮上的光芒正在慢慢地黯淡下去。

「呸！這傢伙簡直不是人，不對，他本來就不是人……」沃倫吐出嘴裡的泥巴苦笑。

他沒想到，異能已經達到日階的自己，仍是遠遠不敵慕梵。交手不過幾息，他就被慕梵打著玩，毫無反抗之力。

這就是鯨鯊，明明沒有異能，卻能將日階異能者戲弄於掌間。

低著頭的沃倫老老實實地待著，心裡卻在想，亞特蘭提斯帝國的實力，果然不可小覷。

慕梵瞳孔微微收縮，右臂皮膚上，一道銀色斑紋正緩緩退去。這個沃倫·哈默倒是逼他使出了幾分實力，而那些人類的更高階異能者，會有多強？

一時之間，戰敗者和戰勝者，心思各異。

齊修從水裡冒出頭，看到這一幕也沉默了。

大局已定。

第十一章　乾乾不息（二）

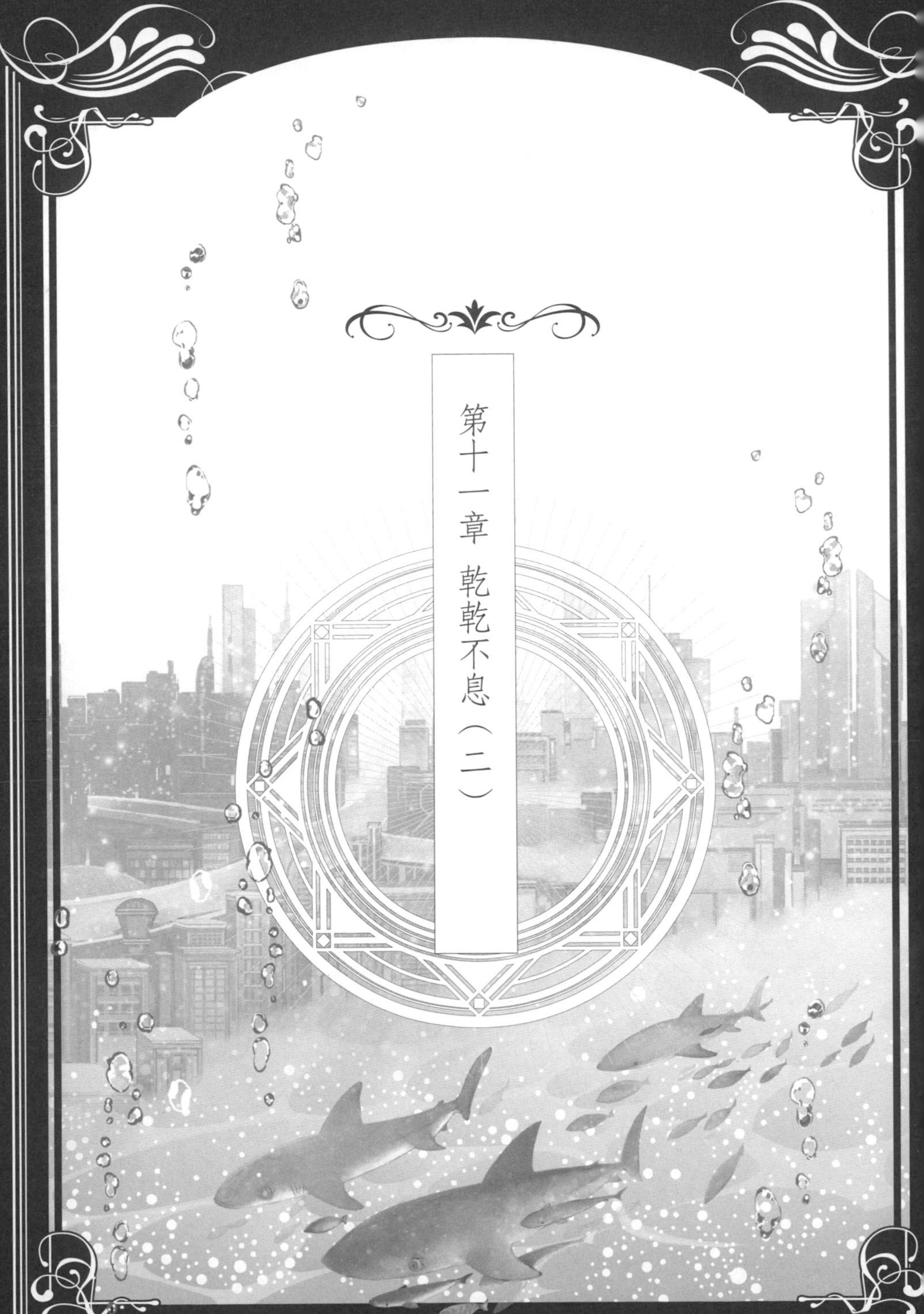

「一組、兩組、三……」

岸邊，有奕巳數著戰利品，而慕梵就站在他身後。

沃倫和齊修被背對背地綁在一起，身上的號碼牌卻沒被摘除。有奕巳正在數的，是他們從別的隊伍贏來的號碼牌。對於這種在俘虜面前、光明正大清點戰利品的行為，沃倫只能無奈苦笑。

沈彥文清醒過來後，第一件事就是找人抱怨：「為什麼只有我被打暈了？」

「也許是他們嫌你太吵。」伊索爾德說道。

「我吵嗎？我很吵嗎？我哪裡吵？下手也太暴力了吧！讓我知道是誰，我肯定要揍回去！」

伊索爾德看了某位殿下一眼，問他：「你確定你要揍回去？」

「……」突然汗毛直豎是怎麼回事？

「好多石頭啊。」

另一邊，聞訊而來的許多多數著地上的藍石：「比藍鑽還要漂亮，而且會發光，可以帶回去當照明使用。」

「不行。」有奕巳提醒他，「這些石頭離開卯星就不能用了。」

「你怎麼知道？」慕梵斜眼看他。

「資料上寫的。」有奕巳隨口敷衍。

「給你，這一份是你的。」他遞給許多多一些號碼牌，「拿回去分給你的隊友吧。」

「奕哥，太多了，我什麼都沒做啊！」

「不不不，傳遞消息就是你最大的功勞。不然這些傢伙也不會輕易上當。」作為被有奕巳策反的紅方隊員，許多多的任務，就是在陣營裡散播有奕巳與慕梵不和的假消息。

「這是你們應得的報酬。」有奕巳拍了拍許多多的肩膀，「如何，當臥底的感覺不錯吧？」

「臥底？」慕梵挑眉，「你是什麼時候聯繫這傢伙的？」

「當然是通訊——」

「通訊器只能聯繫同一陣營的人，這傢伙是紅方陣營。你再耍我試試看？」聽有奕巳又準備開始編謊話，慕梵的臉瞬間就黑了。

「——通訊器當然是不可能的！」有奕巳連忙改口，「我有一些特別的方法。你想想看，就像是殿下為了悄無聲息地把沈彥文帶回來，不也用了一些手段嗎？」禍水東引一向是他擅長的技巧。

「蕭奕巳你說什麼？慕梵你為了把我帶回來究竟做了什麼？」沈彥文耳朵靈敏，一聽見和自己有關，連忙靠了過來。

「對付你，根本不需要手段。」慕梵睨了他一眼。

「慕梵！」

眼看著，又要開始新一輪的口舌之爭。

「唉，你們別吵了。」許多多忙著勸架，肇事者卻在一旁閒閒地圍觀。

「奕哥，你勸一勸他們啊。」

有奕巳逗弄著肩膀上停著的小鳥，假裝沒聽見。

場面頓時變得一團混亂，看到這一幕，沃倫又是長嘆了一口氣。

「我們就是被這些人打敗的？」

齊修不語。

大戰結束後的小憩，勝利者可以嬉笑打鬧，而對戰敗者而言，這一切都在提醒著他們的失敗。衛瑛負責看守他們，但事實上她一直緊盯著齊修，似乎想找機會上來詢問什麼。

就在這時，頭頂上方傳來了一陣刺耳轟鳴。所有人齊齊抬頭，看見一艘巨大的穿梭艦穿破雲層，緩緩降落在湖面上。於此同時，一道通知也傳到了每個考生耳中。

「測試即將結束，請各位考生登艦。十分鐘內無法登艦者，視為放棄資格。」

通知循環了三遍。

「又來！」沈彥文第一個跳了起來，「他們為什麼總是那麼著急，是背後有鬼在追嗎？」

「潮汐結束後，湖面水位就會下降，到時候穿梭艦就會受到磁場影響，無法離開卯星，那才是真的問題了。」有奕巳說，「有時間限制也沒辦法。」

「沒趕上的考生怎麼辦？」

「還能怎麼辦？」有奕巳露出一口白色牙齒，「等下個月囉。」

參加考試的考生都有異能，野外求生對他們來說並不算太難。只是一想到要在這杳無人煙的星球上住整整一個月，沈彥文渾身的汗毛又再次豎了起來。

「那還等什麼，我們趕快走啊！」

有奕巳沒有直接答應，而是轉身看向伊索爾德，「伊爾，隊長許可權先轉給你，我要在外面多停留一下。」

伊索爾德看了沃倫他們一眼，點點頭，兩人交換許可權，他帶著沈彥文往湖心趕去。

「他們為什麼不走？」一邊划著搖晃的木筏，沈彥文一邊問道。

「他們還有重要的事。」

「有什麼重要……」沈彥文正打算繼續問，突然看見前面划槳的伊索爾德停了下來。他一抬頭，發現兩人已經來到了穿梭艦下方。

小木筏隨著水波搖搖晃晃，伊索爾德大聲喊道：「第五十八小隊，前來登艦！」

不一會，穿梭艦下方的艙門便打開了。一個穿著白色鑲邊制服的青年出現在門口，確認了他們的身分後，讓兩人登上穿梭艦，並宣布成績。

「第五十八小隊，隊長伊索爾德，成員沈彥文、蕭奕巳、慕梵，獲得一千分，成為異能測試中第一個通關的隊伍。同時，有鑑於你們小隊突破了五十年來的學院紀錄，學校決定頒發浣花綬帶。恭喜你們。」說著，他雙手遞上一條銀色綬帶，綬帶上隱隱繡著精美的花紋，看起來別緻又典雅。

北辰軍校的浣花綬帶，雖然比不上銀英勳章和聖十字徽記，但也是共和國內數一數二的榮譽象徵。

沈彥文從看到綬帶的那一刻，眼睛就瞪得大大的，他雙手顫抖著接過。過了半晌，還沒回過神。

「這是……我們過關了？還破了紀錄？我們還沒入學，就拿到了浣花綬帶？我不是在做夢吧？」

「不是。」伊索爾德淡淡應了一聲，「而是他答應我們的，全都做到了。」

作為亞特蘭提斯人，他不像沈彥文一樣在意這些榮譽。他更在乎的，是有奕巳當時對他們的承諾。他說過，要成為第一個通關的隊伍，要保住一千分，要讓他們獲得史無前例的榮譽。

現在，這些承諾都實現了。

這就是有奕巳。他自傲囂張，同時也隱忍執著，而且絕不會違背承諾。

沈彥文抓緊綬帶，緩緩開口：「我已經開始期待，他以後還會做出什麼驚天動地的事了。不過不管他做什麼，跟著他肯定沒錯，這傢伙以後一定會成為大人物的，對吧？」

伊索爾德沒有回話，而是將目光投向湖邊。

「他會比任何人都耀眼。」

有奕巳只交給伊索爾德兩百個號碼牌，所以他們最終的積分只算一千分。至於剩下的積分，當然要用來交易。

「交易不成仁義在。」有奕巳笑著坐在沃倫身前，「雖然你們出爾反爾，但是我不介意。怎麼樣，還要繼續交易嗎？」

沃倫看著眼前笑得不懷好意的傢伙，忍不住在心裡長嘆。他就知道，一次反擊不成功，他絕對會被這傢伙狠狠榨乾。但是人和號碼牌都在對方的掌握之中，又能怎麼辦呢？

「說吧，你要什麼？」

等有奕巳心滿意足地交易完畢，沃倫已經被脫了一層皮。

「把這些藍石分些給他們。」他對衛瑛說道，「一會麻煩妳押送他們離開森林。」

衛瑛點了點頭，眼神還停留在齊修身上。有奕巳注意到了這點，卻沒有多問，反而提起另一件事。

「說起來，妳隊伍的其他成員呢？」

衛瑛看了慕梵一眼，「都被王子殿下提前清出場了。」

慕梵挑眉：「妳不滿意？」

說起來，隊伍其他成員被淘汰，對衛瑛也十分不利。

「不，他們雖然和我在同一個隊伍，但是志不同道不合。他們做了什麼，有什麼下場，都和我無關。」衛瑛說，「只要我拿到足以讓隊伍通關的分數，就不會被他們拖累。」託有奕巳的福，她的分數早就夠了。

慕梵非常欣賞她這一點。

「妳確實沒有婦人之仁。」

「我有過，現在才會這麼後悔。」衛瑛說話時，眼睛緊盯著齊修，而對方卻始終沒有抬頭看她一眼。

即便現在交易完成，除非必要，齊修也幾乎不說話。他像一隻忠心的狼犬，默默跟在沃倫身邊。

看到這一幕，衛瑛的牙咬得更緊了。

「你再回來的時候，我會把號碼牌放在約定好的地方。」有奕巳最後說道，「至於你們是否來得及，就不關我的事了。」

「當然。」兩人不知達成了什麼約定，沃倫豪爽一笑，「我不至於連這一點都要責怪你。」

有奕巳點了點頭，正要轉身離開。

「等等！」

這時，齊修卻意外地開口喊住了他。

「你在磁場裡，真的一點感覺都沒有？」

有奕巳愣住了，沒想到他會問出這個問題，他無奈道：「我的異能等級確實很低，磁場大概對我沒什麼作用吧。」

齊修定定看了他一眼，沒再說話，隨後便跟著沃倫離開，讓有奕巳感到十分莫名。

「他在搞什麼啊？」

這一次，慕梵沒有回答他。有奕巳抬起頭，發現王子殿下眼神犀利地盯著叢林。

「什麼人！」

在他的喝問之下，幾道黑影魚貫而出。

這些人穿著統一的黑色制服，掩著面容，肩膀上戴著繡有北辰軍校校徽的臂章。

「監察組第八分隊。」在表明身分後，其中一人開口道，「蕭奕巳、慕梵，你們已經通過測試，請將剩下的守護石全數交還。」

慕梵眸光閃爍，嘴角掛起一抹諷刺的笑容，還沒等他做點什麼，已經有人搶先說話了。

「充公？憑什麼！」聽到要充公，最不開心的人就是有奕巳。

他從小到大、這輩子跟上輩子，最不樂意的就是看著自己的成果被剝奪。

有奕巳走了出來，看著監察組的成員說道：「藍石離開卯星又沒有什麼用處，我們帶回去也沒關係吧？」

監察組的人意外地看了他一眼，隨後搖了搖頭，道：「即便這樣，也不能讓你們帶走。一會其他考生身上的守護石也會全部沒收。」

監管得這麼嚴密，難怪在卯星之外從未見過這些石頭。這顆星球，還有這裡的神祕物質與磁場，看來沒有想像中那麼簡單。

有奕巳正思考著，突然聽到慕梵開口了。

「如果我說不呢？」

慕梵一口拒絕了監察組的要求，即便是有奕巳也感到有些吃驚。

「這是學校的規定，不容違背。」見他態度強硬，監察組的語氣也嚴厲起來。

「規定？」看著那群黑制服的成員，慕梵說：「既然這是我們的戰利品，理應歸我們所有。無主物先占先得，難道不是你們《星法典》的規定？」

有奕巳不禁感嘆，沒想到連《星法典》都可以拿出來舉例，看來燈泡殿下平時看的書涉獵很廣嘛。

只是監察組的人顯然沒這麼好應付。

「這裡是卯星，以萬星家族有卯兵上將命名，並不是無主之地，你無權先得。」

「但是萬星早已名存實亡，沒有後裔，這裡不再是嚴格意義上的封地。」慕梵反駁道。

「那麼，也應該歸屬北辰星系。萬星無後，他們家產理應充公。」

聽著兩個人爭辯著萬星的財產所有權，正經的繼承人有奕巳簡直含了一口血在喉嚨裡。

喂喂，說誰無後啊！人在這裡呢！當著後人的面一會先占一會充公，還想不想繼續友好相處啊！

不過，他們的爭執讓有奕巳想起，即便萬星還有封地和遺產，他也不能光明正大地繼承，只能便宜別人。這麼一來，他又想起了被自己糟蹋的一箱書籍，心口頓時隱隱作痛。

有奕巳按著左胸，有銘齊留下的檢察官徽章被他藏在那裡，還好保住了一個，不至於一無所有。等考試結束，他要仔細研究這個徽章。

「是嗎？那你說說看會有什麼後果？」慕梵的嘲諷從夜風中吹來。

就在有奕巳走神的時間裡，兩方的矛盾徹底白熱化了。

「在測試中嚴重違背紀律，分數歸零，強制收回所有物品，這就是後果。」監察組的人冷冷說道。

慕梵同樣回以冷笑：「你有這個本事嗎？」他接下挑戰書，手臂上銀紋隱隱浮現，可怕的力量就潛伏在神祕的紋路之下。一時間，為首之人被壓制得動彈不得。監察組的其他人見狀，紛紛上前與慕梵對立。若換成其他考生，絕對威脅不了他們，但是在慕梵面前，處境卻顛倒了。

有奕巳連忙上前拉住他：「你到底怎麼了？為什麼一定要和他們作對？」

「是我和他們作對嗎？問也不問，就要強行收取我們的戰利品。」慕梵冷聲道，「我是第一次看到比我還要霸道的人。」

燈泡王子竟然知道自己霸道！

有奕巳不知道該從哪裡開始吐槽，只能說：「我也不願意交出藍石，但是我不明白，你為何態度如此強硬……不如大家好好商量，也許還有轉圜餘地。」

「餘地？不可能。」慕梵像是看破了什麼，嘴角掛著一絲冷意。等有奕巳再問他，他卻無論如何都不肯回答。

「你們想清楚了嗎？如果不交出藍石，不僅是你，你的隊友也會受到牽連。」

威脅進一步提升，這次連有奕巳都皺起了眉頭。

「你們怎麼還在這裡？」

對峙間，有人從密林裡走了出來，是沃倫和他的伙伴們。他並沒有把所有人都帶來，有奕巳身上的藍石也不夠讓所有人離開。看來他還是取捨了一部分的人，也不知道這傢伙怎麼安撫那些被留下的人的，竟然沒有造成動亂。

等沃倫問清楚事由，他的眉頭也隨之皺起。

「監察組的各位，這件事你們之前並沒有提起過，為什麼現在才說？」

「測試結束前，不會給你們任何提示。」

沃倫氣笑了：「所以你們不給任何提示，還想平白無故拿走我們的財產？」

注意到對方是哈默家族的人，監察組的成員沉默了一會，說道：「學校規定，守護石絕不能外流。」

果然，這石頭還有祕密。沃倫與有奕巳猜想到了同一種可能。

沃倫把玩著手裡的藍石，出聲道：「不如大家各退一步，監察組護送我們抵達穿梭艦，我們在抵達後交出藍石。這樣如果有什麼萬一，也不用擔心。」

雖然是衍生物，但藍石力量遠勝於湖水，所以在真正離開前，沒有人願意交出這個護身符。沃倫這個提議，站在了雙方的立場上考慮，立刻得到所有人的贊同。

慕梵還有不滿，但被有奕巳拉了一下。

「走一步算一步吧，有什麼問題，等到了穿梭艦再說。」

慕梵考慮了一會，暫時放下矛盾。

一場爭執就這樣落下帷幕。然而，只是表面上。

由於有奕巳和慕梵在湖邊耽誤太久，他們不得不和沃倫他們一起渡湖。這時候，湖邊的樹木就成為眾人覬覦的物品，除了一些掌握飛行系異能的考生，所有人都開始伐木造船。

有奕巳本來也準備這麼做，卻被慕梵一把抓住了衣領。

「不用這麼麻煩。」他說，便帶著人踏上了湖面。

有奕巳親眼看見慕梵踏上湖水，穩穩地站定。他走在水面上如履平地，就算提著一個人也不覺得沉重，一步一步走進湖心。他的動作不疾不徐，吸引了許多人的注意。

畢竟，光是不靠異能，憑自己做到這一步，確實駭人聽聞。

作為當事人之一，有奕巳看著近在咫尺的湖面，又看著那群還在辛苦造船的人，不禁有了一股得意感。但還沒得意兩秒，就見附近幾個騰空而起的考生飛速越過慕梵，似乎有意示威。

你能凌空渡湖，我們也能乘風飛翔。北辰人的志氣，從來不比任何人低！

有奕巳羨慕地看著那群人，再次感嘆。不過感嘆卻不感傷，他知道自己早晚也會和那些人一樣優秀，甚至比他們更好。

「喂，先放……」

眼看著就要抵達穿梭艦，有奕巳剛想提醒慕梵把自己放下來，還沒來得及開口，就被扔進了湖裡。

喝了一肚子湖水的他憤怒得在心裡直罵！

小人慕梵！小心眼慕梵！究竟要丟他幾次才滿意？

有奕巳用狗爬式游出水面，剛要開口，卻見慕梵雙目赤紅地瞪著夜空，那裡，一個人影飛掠而去。

慕梵身上，正隱隱約約浮現出銀芒。

怎麼回事？他話未出口，只見慕梵側臉上一陣扭曲，似有活物在皮膚下蔓延。眨眼之間，那陣異動又不見了。有奕巳屏住呼吸，強烈的危機感襲上心頭，他下意識地遠離慕梵，但還沒來得及游離多遠，一聲轟然巨響，將湖水掀起數十公尺高的巨浪。

在場所有人都聽見了這聲巨響，漫天水霧蒸騰而上，又在半空中被蒸發成霧氣，遮蔽了視線，令人看不清楚情況。

「奕哥！」許多多大聲叫著。他剛帶著隊友前來會合，就見慕梵與有奕巳之間掀起巨浪。

一時之間，考生和監察組都慌亂起來。

此時，有奕巳早已聽不到任何聲音了。他只感覺五臟六腑如刀割一般劇烈疼痛，胸口好像有火在燒，大腦一陣陣暈眩。好不容易適應了一點，他掙扎著睜開眼睛，卻只看到漫天水霧。

「混蛋……」有奕巳漂在水面上，感覺自己像一具浮屍，動一下都是徹骨般地疼痛。

事態卻不由他。

殺光。

殺……

全部！

嘶嘶作響的聲音，如同招魂一般在腦內呼喊，吵得他暈頭轉向。有奕巳費力地抬頭，想看看是誰這麼聒噪，卻猝不及防對上一張扭曲的臉孔和泛紅的雙眼。這對赤眼的主人，正抓著一個人的喉嚨，要將其捏碎。

「慕梵，住手！」有奕巳驚呼出聲。

聽到聲音，慕梵轉過頭來，他雙眼血紅，不再是往日黑曜石般冷徹的光彩。他的容貌沒變，身上衣服卻處處碎裂，四肢出現銀色斑紋。再仔細看，他竟有了要變身的架勢。

不好，這傢伙要是在這裡變成鯨鯊，誰還能活下來啊！有奕巳暗自心驚，卻看見慕梵拋下其他人，朝自己走了過來。

他欲哭無淚，自己上輩子大概欠了這傢伙很多……

「呃！」

喉嚨被一雙有力的手緊緊掐住，炙熱的呼吸從背後貼上，有奕巳感覺到一對尖牙在頸邊徘徊，似乎下一秒就會被撕咬吞噬。在湖邊的時候，慕梵只是釋放出一些敵意；此時的他，卻是一個喪失理智的野獸。

有奕巳擔心自己隨時會被這隻鯨鯊生吞活剝。但是，他不打算就此放棄。

他有奕巳，絕不認命！

「慕梵，你——」他掙扎著轉過身，「看著……我……」

與那雙異變的紅眸對上，有奕巳忍不住一愣，卻還是決定拚最後一把。

「看著我，慕梵……咳咳，鬆開手。」

他試著用異能控制慕梵的意志。

「我命令你，鬆手，放開我……」

然而，一個一級異能的菜鳥，想要控制鯨鯊的意識，實在是天方奇譚。但有奕巳無路可選，不是死，就是抓住這唯一的希望。

這輩子他只活了十五年，還沒考進北辰，還沒有重振有家門楣，還沒有活出光彩的人生！

他怎麼甘心！

想到這裡，有奕巳狠狠咬牙，大喝一聲。

「慕梵！」

幾乎在他用盡全力的那一刻，星球的另一端，一些暗淡的恆星突然綻放出異常耀眼的光芒。

猶如被點燃的火種，灼灼燃燒。那一刻，光芒刺眼，千萬顆星辰齊齊閃耀。

第十二章 乾乾不息（三）

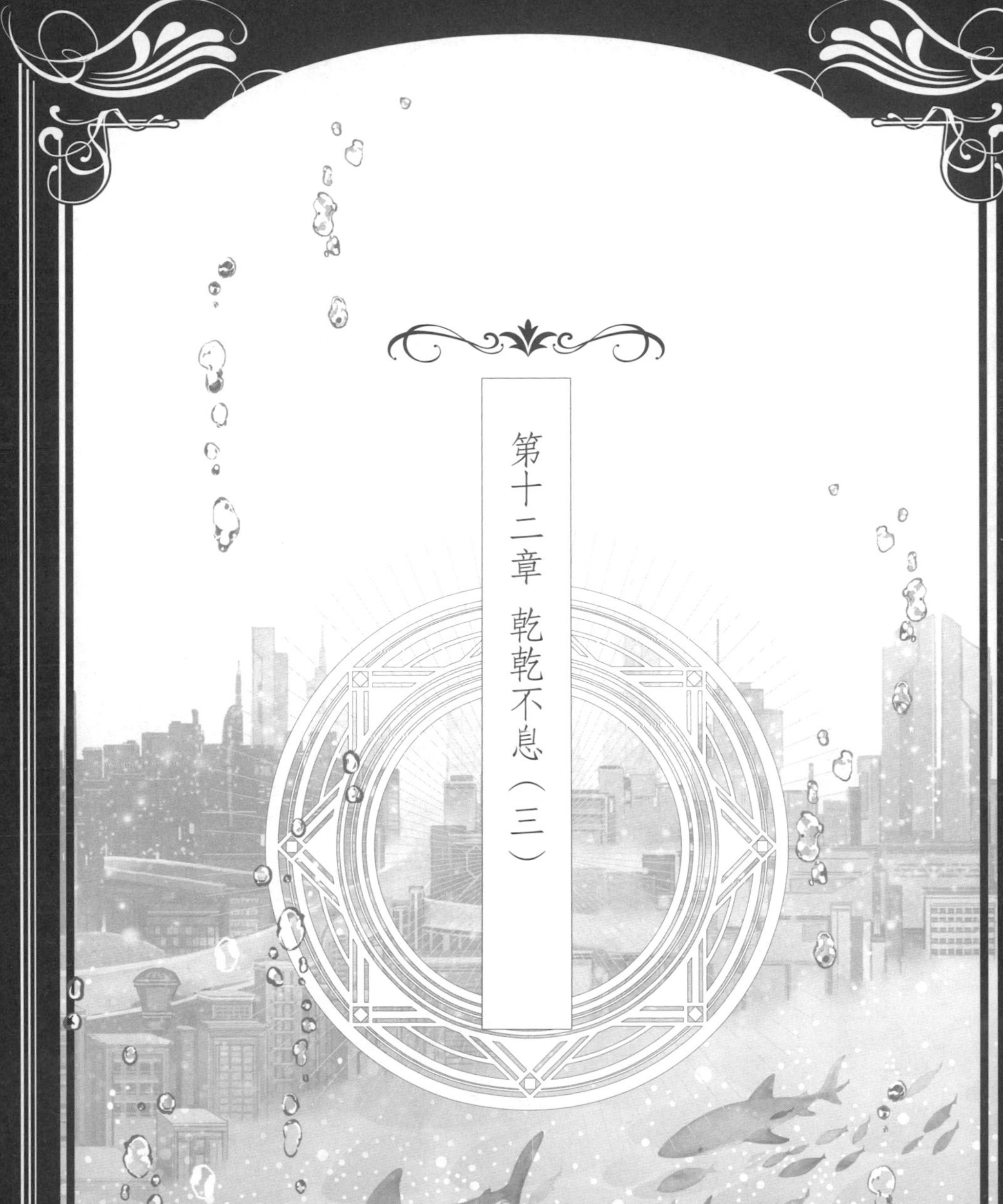

CHIEF PROSECUTOR OF THE GALAXY

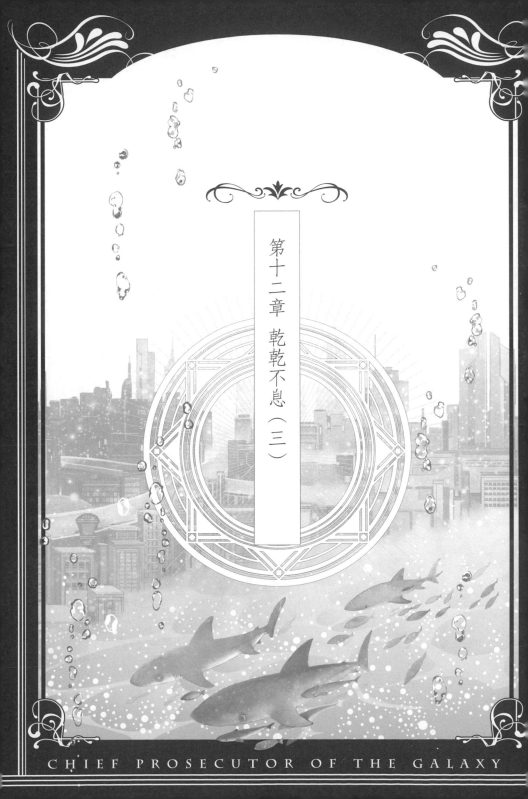

慕梵早就知道，這是那群人的計謀。這一次考試，不，這一次前來北辰，他就計畫將背後的人一網打盡。然而，他沒料到考試地點居然是卯星，也沒想到卯星上竟然有這種磁場。

第一次受到磁場干擾時，他拚盡全身力氣才克制著自己不要變身，沒想到卻還是變回了幼態體的模樣。而且這副模樣，還被蕭奕巳看見了。慕梵一度想著是否要殺人滅口，終究還是沒下手。

正如蕭奕巳自己說的，再找出一個筆試成績五百九十九分的天才，幾乎不可能。慕梵不想因為一時衝動，殺死一個可能對自己有利的人。事實證明，他的克制是正確的。看著蕭奕巳找到抑制磁場的藍石，慕梵面不改色，心裡卻輕鬆了許多，好像一把懸在頭頂的利劍，終於遠離了他一點。

沒有人知道，這磁場對他的影響，不僅僅是喪失能力，也不只是變回幼態體，而是暴走發狂。

磁場為何只在慕梵身上有不同作用，與他幼年時遭遇的一場刺殺有關。慕梵萬萬沒想到那場刺殺留下的後患，竟然會在卯星發作。這也證明了，暗中針對他的人實力深不可測，他們埋伏多年，早早設計好了一切。

慕梵才不會單純到認為測試地點選在卯星只是巧合。這只證明了那些人的能力超出他的預料，甚至能干預北辰軍校考試地點的選擇。明白這一點後，他一路小心謹慎，不敢相信任何人，包括蕭奕巳。

沒想到，自己還是掉入了那群畜生的陷阱裡。

正如蕭奕巳所說，慕梵心想已經抵達湖心，湖水本身又可以克制磁場，他才同意了之後交出藍石的要求。

事實上，那只是幕後之人的惑敵之計！

被黑影搶走藍石的瞬間，慕梵第一個念頭不是憤怒，而是立刻丟下蕭奕巳。下一秒，他就感覺到一直被克制住的磁場突然暴走，連湖水都壓不住。

自己也暴走了。

他雖有神智，卻無法控制身體。力量在體內暴動，身體叫囂著血肉，卻無力阻止。不，是他不想阻止。這種明明頭腦清醒，卻依舊渴望鮮血的感覺，在看見蕭奕巳之後變得更為強烈。

當牙齒貼上少年的肌膚，慕梵幾乎忍不住喟嘆一聲。那誘人的血液就在薄薄的皮膚下流動，勾引著他，讓他的欲望蠢蠢欲動。他簡直要感謝這場暴走，這樣他就可以毫無顧慮地將這個少年吞吃殆盡。

蕭奕巳。

不知道為何，慕梵從第一眼看到這個人就無比在意。在意他與伊索爾德的關係，在意他的能力，在意他總是讓人咬牙切齒的性格。越是瞭解，他的好奇就越多。他想挖開這個人，仔仔細細地看清楚。

機會，就在眼前。

「慕梵！」

這個人呼喊著他的名字，但慕梵不為所動。

「慕梵，看著我。」

那雙毫無力量的手根本無法撼動他一分一毫，但出乎意料地，慕梵還是順著他的力道，看向那雙深黑的眼睛。

「看著我，放開我，聽見了嗎？」

在識海最深處，神智清醒的慕梵簡直想大笑出聲。這傢伙竟然想用異能控制自己？別說他只是一個還沒入學的考生，哪怕是共和國最精英的檢察官，也做不到。作為世上僅存的幾隻鯨鯊，位於食物鏈最頂級的狩獵者，怎麼可能會被區區人類控制？

然而下一秒，他的笑意就僵住了。

因為他在那雙黑色的眼睛裡，看到了星辰。像有上萬顆星子在跳躍一般，美麗惑人且令人窒息。

萬星之光，無與爭輝。

啊，原來是這樣。

識海內的慕梵狂笑不止，狀若瘋癲，又憤怒低吼，好似哭號。

原來是他！為什麼自己一直關注著他，為什麼總覺得這個人似曾相識……

一切都有了答案。

蕭奕巳，不，有奕巳。

原來你就是這世上，最後一顆星辰。

識海內的慕梵睜開了眼，現實中的慕梵卻沉沉睡去。

我要，毀了這顆星。

有奕巳不知道慕梵身上發生的一切，也不知道自己的身分已在最危險的人面前曝光。他看著昏睡過去的慕梵，雙手仍止不住地顫抖。

他竟然成功了，他成功壓制了一隻鯨鯊，這可是連最高級的檢察官都做不到的事！

有奕巳還來不及消化這個消息，救援的聲音就穿過水霧傳了過來。

「還有人在那裡嗎？」有人划著小船過來。

「我們在這裡！」有奕巳抱著慕梵大喊。

終於得救了，他鬆了一口氣。然而事實證明，他高興得太早了。

伊索爾德和沈彥文焦急地在艙門口等著，看著艦上的人忙碌地跑來跑去，看著重傷的考生被一個個送上來，卻始終沒看到有奕巳和慕梵。

「不行，我要下去找！」沈彥文實在不放心，但卻被伊索爾德一把拉住。

「你去做什麼？」伊索爾德勸阻他，「事情還沒搞清楚，你隨便亂走，要是也出事了怎麼辦？」

「難道我們就在這裡乾等？」

兩人正爭執著，有奕巳和慕梵就被抬了上來。

一個被扶著，而另一個……待伊索爾德看清慕梵的狀況後，臉色也不由得一變。

「殿下怎麼了？」

被人扶著的有奕巳苦笑一聲，他還沒來得及回答，穿梭艦內又響起了廣播。

「緊急情況！測試終止，請所有考生返回穿梭艦。本艦作業系統故障，另一艘星艦將於十分鐘後抵達，請全體考生轉移登艦……」

聽著通知，所有人皆是沉默。沒想到這場考試會變成這樣，令人忍不住沮喪。看著一個個被抬上來的傷患，還有艙內忙碌的人們，沈彥文狠狠地一拳打在艙壁上。

「可惡！」

他手中一直緊握著的綬帶，此時也黯淡了光芒。

半小時後，所有考生皆被轉移到前來迎接的穿梭艦上，離開了卯星。

穿過大氣層的那一刻，有奕巳站在遠景窗前，看著這顆綠色的星球。密林中的湖水正在退潮，而有奕巳知道，隨著潮水一起退去的，還有潛藏在湖水下的陰謀。

由於倉促轉移，卯星上無人停留。那場意外爆炸所留下的痕跡，也會在不久後消失無蹤，再也查不到線索。

「殿下他還在昏睡。」伊索爾德走到他身後，「抱歉，這次連累你們了。」

「這話怎麼說？」有奕巳咧了咧嘴角。

「殿下的狀況，外人看不出來，但我知道。他是受到某種能量刺激，無法控制自己，才會引起力量暴動。」伊索爾德說道，「這種事情前也發生過，殿下是被人暗算了。」

「以前也有過？」有奕巳存心想打聽消息，卻突然被廣播打斷。

「請兩百八十八號考生蕭奕巳，到指揮室報到。請兩百八十八號考生……」

通知在船艙內響起，附近幾個考生都看了過來。

有奕巳嘆了一口氣：「好吧，看來事情還沒有解決。」

前往指揮室的路上，他已經做好了心理準備，卻沒料到情況會變成這樣。

「作弊？」

在有奕巳身前，艦長及其他幾位軍官用銳利的眼神掃視著他，好像想在這個少年的臉上看出端倪。

可惜，他們註定要失望了。

有奕巳的表情並沒有明顯的變化，他只是輕皺眉頭，視線在幾個身穿黑色制服的人面前掃過。他認得出來，那正是和他們在湖邊發生爭執的監察組成員。

他冷笑道：「不知艦長閣下是從何處聽來的消息，或是憑空做出猜測的。如此懷疑無辜的考生，若無證據，我會向紀律檢查委員會投訴。」

被指派來迎接考生的，是駐守在卯星附近的北辰第七軍團的一名上校艦長。作為軍隊內部的中級軍官，換成在其他星系，都不需要將有奕巳的威脅放在眼裡。

可是北辰不同，「北辰軍校紀律檢查委員會」專門負責考察每一位北辰學生的言行舉止。

無論已經畢業與否，一旦被發現違背紀律，都會受到書面告誡甚至開除學籍的懲罰。對於重視學院關係的北辰軍人來說，這種懲罰甚至會影響他們的仕途。

上校先是憤怒於有奕巳的威脅，隨即冷靜了下來，看了幾名監察組成員一眼。眼前幾人提出有奕巳有不法行為，該不會是他們之間有私人恩怨吧？他咳嗽一聲，正想開口說些什麼。

黑衣人中的一員突然上前一步，開口說道：「上校誤會了，我們的意思是，這次爆炸意外與蕭奕巳和慕梵必有關聯，必須嚴格審查。現在看來，一位異能等級低於二級的考生，不可能引起這麼大的動亂。問題緣由，應該是出在慕梵身上。」

在場所有人一片寂靜，全都看向有奕巳，被人這樣指出缺點，等於當眾被搧了一記耳光。

有奕巳眼神晦暗，嘴角掛起一絲冷笑。

「異能等級低於二，卻能得到筆試與異能測試雙項第一……不知這位高等級的監察組前輩，當年在入學考試時，是否也有這樣傲人的成績？」

他狠狠地將這一記耳光搧了回去。

有奕巳向來不是打不還手的人，別人給予他的痛擊，必定十倍奉還。雖然不明白監察組為何一直追著自己和慕梵不放，但有奕巳也不打算因為對方的身分而忍讓。

在他將那一席囂張的話說出來後，指揮室內陷入詭異的寂靜。所有人的視線都在有奕巳和那名黑衣監察組成員間徘徊。當事人則互相對視了一眼，不再說話。

「這件事我會上報給學校。」上校頭疼地按了按太陽穴，「在學校下結論之前，我不做任何決定，離開吧。」

有奕巳看了那人一眼，記住了對方的容貌後，離開了指揮室。

「被監察組的人針對？」

回去後，聽到消息的沈彥文滿臉不敢置信，「不應該啊，監察組的成員都是由北辰軍校品學優良的師兄師姐擔任，他們為什麼要抓著一個普通考生不放？」

「再好的學校，也有幾顆老鼠屎。」有奕巳道，「說不定人家看我們不順眼啊。」

「等等，你記住那個人的長相了嗎？我回去查查他究竟是什麼人，竟敢在太歲頭上動土！」沈彥文氣呼呼地說道，「要是被查出有什麼問題，就別怪我不客氣！」

雖然不喜權貴濫用特權，此刻的有奕巳卻很樂意看到這一幕。他將對方的容貌仔細描繪了一遍，便讓沈彥文去處理了。

「你們殿下情況怎麼樣了？」他又詢問伊索爾德。

對方搖了搖頭，說：「醫務室的人做了檢查，殿下的身體沒有受傷，卻一直醒不來。」

「出了這麼大的事，會不會驚動帝國內部？」有奕巳擔心道。

「這要看殿下能不能在今晚之前恢復意識，否則……」伊索爾德苦笑一聲。

一個王子在鄰國發生意外，昏迷不醒，任何國家都不可能輕易了事。萬一慕梵出了大事，可能又會挑起一場戰爭。

有奕巳憂心忡忡地跟著嘆了口氣，睡美人慕梵，快點恢復意識吧！

不知道是不是他的祈禱起了作用，下午時候，醫務室的人通知他們，慕梵恢復意識了。

伊索爾德聽到後鬆了口氣，想要前去探望，剛邁出步伐就猶豫了。

「殿下應該不會想見我。」作為星鯨家族的成員，伊索爾德不被懷疑是幕後黑手就不錯了。

「請代替我去探望殿下。」伊索爾德對有奕巳懇求道，「我只想確保他真的沒事了。」

沒辦法，沈彥文還在忙著調查，伊索爾德不方便露面，有奕巳只能獨自前去探望已經清醒的睡美人。

他走到安置慕梵的房間門口，輕輕敲了一下門。

「誰？」傳音器傳來聲音。

「是我，蕭奕巳。」

沒有人回覆，有奕巳又敲了一下。

「進來。」

隔著門，慕梵的聲音似乎變得有些奇怪。

有奕巳沒有多想，等著門禁打開便直接推門而入。他一進門，不由得愣住了。

「慕梵？」

回應他的，是在床上閃閃發光的一隻小小燈泡——慕梵又變成迷你鯨鯊了。

昏暗的房間內，鯨鯊身上的銀色光芒一閃一閃，讓整個房間驟暗驟明。

「這是怎麼回事？」有奕巳張大嘴巴，「不是說人醒了嗎？怎麼又變成燈籠了？」

聽見他這句話，迷你鯨鯊的銀芒亮得更盛了。

「我還是去找醫護人員看看吧。」他轉身要走，卻被咬住了袖子。有奕巳低頭一看，燈泡王子張著拇指大小的嘴，死死咬住他的衣袖，不讓他離開。

「怎麼了？」有奕巳問，「我去幫你找醫生啊。」

迷你鯨鯊咬得更緊了。那一口尖牙雖然變成芝麻大小，可銳利度依舊不減，有奕巳嘆了口氣，不想讓袖子被咬壞，只能把小燈泡抬到掌心裡，「你不想被人知道？」

那雙綠豆大的黑眼珠，眨也不眨地瞪著他。

「哦，你不能說話。」有奕巳壞笑起來，「這樣吧，我問你，你回答是或不是就好。是就閃一下，不是就閃兩下。」

「你現在不能變回人形？」

銀芒閃爍了一下。

「你不想被別人知道？」

銀芒又閃爍了一下。

「那你還能變回來嗎？」

問了好幾個問題，有奕巳忍著笑，看著小燈泡在自己手裡一閃一滅，這種奇妙的掌控感，讓他十分愉悅。

「最後一個問題，我可以幫你隱瞞，但你不會事後報復我吧？」

銀芒閃爍了一下、兩下、三下。

「亂閃什麼！」有奕巳用指頭彈了一下迷你鯨鯊的腦袋，將他彈得連滾三圈。迷你鯨鯊瞪著綠豆眼，氣沖沖地游回來，狠狠咬住有奕巳的手指。

還好有奕巳的異能已經一級了，不然真的會被咬出血。

「別動，想讓我幫你就乖乖聽話。不然等一下護士查房，就讓所有人看著你閃閃發光吧。」

迫於威脅，迷你鯨鯊終於鬆口了。

有奕巳暗笑不已，沒想到那個目空一切的人，竟然也有這麼可愛的一面！不過他這個型態，如果被不懷好意的人發現，可能就危險了。他想了想，撈起小燈泡，直接塞進袖子裡。

「不想暴露的話就不准發光，知道嗎？」

他威脅了一句，帶著小燈泡離開了。在門口，有奕巳告知了醫務室的人。

「慕梵殿下想要靜養，回到主星之前，都不要打擾他。」

醫務人員不疑有他，只點點頭表示明白。

有奕巳成功將慕梵帶回自己的房間後，他就開始煩惱了。慕梵如今這副模樣，不能說話不能交流，看起來智商也有點下降，如果回到北辰還是這樣，他要怎麼跟帝國的人解釋？

自己可沒忘記，登記報到那天，慕梵登場的盛大場面。他身邊肯定跟著一群重要的隨侍，到時那群人會不會怪到他身上？

想著想著，有奕巳的眼皮忍不住沉重起來。

一整天下來，又是筆試又是異能測試，還發生了這麼多意外，他實在疲憊不堪了。因此他往桌上一趴，沉沉睡去了。

在他睡著後，一直在床頭偽裝成魚形夜光燈的小鯨鯊，突然停止了游動。牠烏黑的小眼珠緊盯著有奕巳，下一秒，室內銀光暴漲。

渾身赤裸的慕梵光著腳踩在地上，他走到桌邊，看著伏案而眠的少年眼下重重的黑眼圈，一時間神情複雜。

剛才這人來得太突然，他沒有做好心理準備，倉促下只能變回幼態體。用其他形態面對有奕巳，慕梵怕自己會忍不住出手。只有幼態體的他，力量最弱，最容易克制情緒，不會魯莽做了不該做的事。

「萬星」有奕巳。

無聲地念著這個人真正的名字，慕梵伸出手指，在有奕巳頸部輕輕地按了一下。

萬星的再次出現，對於帝國和銀河第七共和國來說，猶如投入一顆重磅炸彈，將會攪亂一切安排。如果不想被打亂計畫，現在就該抹殺這顆星子……

白天的記憶一幕幕從眼前閃過，少年的笑容格外清晰，打斷了慕梵的動作。他眼神閃爍，許久之後低下了頭，在有奕巳耳後深深地吸了口氣。

算了，扼殺未必是最好的方式，在沒有想好怎麼利用這顆星辰前，暫且維持現在的關係吧。

燈泡鯨鯊再次變了回來，搖搖晃晃地游到有奕巳頭頂，趴在上面一起睡著了。

叩叩！

有奕巳是被敲門聲吵醒的。他感覺自己還沒睡多久，太陽穴隱隱脹痛。

「蕭奕巳，快醒醒！你睡成豬了嗎？」

「我們快到主星了，你還不起床！」

「你這個傢伙，這麼懶散，還有沒有軍人風範……」

被吵得腦袋疼痛，有奕巳氣得起身開了房門。

「我本來就不打算從軍。」頂著凌亂的頭髮，他問，「我又不是不會下艦，你急什麼？」

嗯？不對，燈泡呢？察覺有異的有奕巳，回頭看了一眼，並沒有看到迷你鯨鯊。

「他著急，是因為有人已經在星港等你了。」慕梵走了過來，他不知道從哪裡換了一身衣服，衣冠整齊，一掃之前的頹靡。

「你你你你你?!」有奕巳瞪大眼睛，他什麼時候從房間裡出去的？

慕梵劍眉一挑，問：「我怎麼了？」他的目光恢復清寧，看向有奕巳時帶著隱隱壓迫。

有奕巳氣息虛弱：「沒……」

「現在不關他的事，關你的事啊！你究竟做了什麼，竟然被那群人盯上了！」沈彥文著急道，「這次連我都幫不了你了。」

「哪群人？你們在說什麼？」

交談間，星艦已經穩穩停在港口，沒過多久，有奕巳就親眼看見沈彥文口中的「那群人」出現在面前。

他們穿著統一制式的深藍色上裝，下身黑色制服褲，黑靴踏在地面上發出整齊的聲音，氣勢浩大。在他們經過的時候，身旁的人都不由得屏住呼吸。

為首的人走到有奕巳面前，停下腳步。

「兩百八十八號考生，蕭奕巳。現在請跟我們離開，進行紀律調查。」

北辰軍校紀律檢查委員會委員長，克利斯蒂．阿克蘭如此說道。

第十三章　乾乾不息（四）

終於返回主星，考生們一批接著一批從星艦上下來，幾乎所有人都在議論著幾個重大的消息。

「聽說爆炸與那個慕梵有關？」

「那位亞特蘭提斯王子？」

「對，而且他身邊的蕭奕巳還被紀檢委的人帶走了。」

「不是吧，和他有什麼關係？難道是他們故意製造的爆炸？」

「哼，說不定就是。」

一個考生不屑道：「依我看，蕭奕巳那兩次的高分，說不定都是用了什麼不光彩的手段。這次被紀檢委帶走，我看他別想再踏進學校半步……」

砰！

說閒話的人被一拳擊倒在地。

「你再說一句試試看。」沈彥文揉著拳頭，怒瞪著他，「信不信我把你打到腦袋開花？」

「是沈彥文！」

「沈家的人……」

知道他來歷的人不敢再多嘴，倒在地上那位也不敢吭聲，沈彥文狠狠瞪了周圍人一眼。

「沒事就只會說人壞話，像你們這種搬弄是非的人，我們北辰不收！」沈彥文說，「聽好，誰再被我聽到在偷偷議論這件事，就別想在北辰過好日子！」

他這麼明目張膽地仗勢欺人，很多人的臉色都難看起來，但也有一部分人面色平靜，他們從頭到尾都沒有參與此事。

「世風日下，都是一些什麼小人嘛！」沈彥文忿忿不平。

「好了。」伊索爾德上前安慰道，「就算擔心小奕，你也應該適可而啊。樹大招風，別再繼續幫你們家族樹敵了。」

沈彥文辯解：「我哪有樹敵，我是為了——」

「他一直如此，改不了了。」衛瑛不知道什麼時候出現在兩人身後。「不過蕭奕巳這次被紀檢委帶走，也未必是壞事。」

沈彥文悻悻地看了她一眼，不敢反駁。

同為七將家族出身，衛瑛比他有能力，風評一直很好。從小到大他總是被長輩拿來與這個天之驕女比較，讓沈彥文看到她就十分沮喪。之前在卯星上，兩個人沒機會交流，現在衛瑛不僅跟在他們身後，還主動聊天。

「這話怎麼說？」伊索爾德問。

「他在卯星上，和慕梵一起得罪了參加監察組的守護學院三年級首席那群人。」衛瑛解釋。

「原來是他們。」沈彥文皺眉。他也在查這些人的消息，但卻沒有衛瑛那麼快得到線索。

北辰軍校並不是一塊鐵板，內部自然也有門派分歧，這種分歧不僅體現在學校內部，更是影響了整個北辰軍政領域。

截至目前，北辰隱隱分為原黨派、中立派和革新派。革新派的人認為北辰不應因循守舊，因此和中央星系較為親近。北辰星系位置偏僻，軍力強大，自主性極高，對於中央政權來說就是一顆不定時炸彈。中央的某些人想插手進來，革新派的人就是他們最好的棋子。

但北辰原有的勢力根深蒂固，革新派一直都找不到切入口。他們在北辰籌備多年，正是需要建功立業的時候，守護學院三年級最頂尖的那一批人就屬於革新派家族。有奕巳撞到他們的槍口上，很可能會被殺雞儆猴。

沈家和衛家，則屬於原黨派。

「就交給克利斯蒂·阿克蘭解決吧，他立場中立，還有公正評判的可能，如果是那群人私下動手……」

「他們敢！」沈彥文挑眉。

「他們不敢動慕梵，但是蕭奕巳沒有背景，他們有什麼顧忌？」衛瑛四處環顧，「說起來，那位殿下不在這裡嗎？」

一提及此，沈彥文的臉就更黑了。有奕巳一被帶走，慕梵就不見蹤影，絲毫不見他表露擔心。

「他終究和我們不一樣，當然不關心這些。」

然而沈彥文說錯了。此時，沒有人比慕梵更關心有奕巳的處罰結果了。

「探聽到消息了嗎？」房間內，重新漱洗過的王子殿下，披著浴巾正在翻閱資料。肩頭垂下的銀髮遮擋了他的視線，他伸出手，將那縷髮絲撥開。

「蕭奕巳被北辰的人帶走，至今還沒有消息。」他的祕書官梅德利忠心耿耿地回覆道。

「我不是問你這個，上次讓你查關於他的資料，還有進一步的消息嗎？」

「這個，殿下……」梅德利不明白，慕梵為何又開始關注那名人類少年，「上次的消息，已經是全部了。」

「全部？」慕梵反問道，「你確定沒有任何疏漏？」

他淡淡地掃了一眼，梅德利心頭一緊，卻依舊不知所措。

「我馬上讓人再去探查一次。」

「不用了。既然連你都查不到，肯定有人在背後操縱。」慕梵看著資料上有奕巳的笑臉，眼神沉了沉，「我親自查。」

被所有人關注的有奕巳，此時並沒有待在北辰紀律檢查委員會接受訊問，而是悠哉地坐在校長辦公室喝茶。

他眉頭輕蹙，認真地端詳著眼前的事物後，嘆了口氣道：「不是。」

「不、不是？」坐在他對面的老人，眼睛瞪大。

「手感偏輕，木質紋理粗糙，紅色中帶有白點，可見是後天染色，是贗品。」

「不是真紅木？」老人吹著鬍子。

「很遺憾，是假貨。」有奕巳道，「如果不仔細看，的確以假亂真，但是……」

「行了，不用說了。既然知道是假貨，克利斯蒂，對財物處的人說，這個月埃里克的工資少一半，剩下的一半拿來替我裝新門。」

「校長。」克利斯蒂嘆氣道，「埃里克老師已經被您連續扣了三個月的工資了。」

「誰讓他做事不帶腦子。克利，你以後別被他帶壞了，我跟你說……」

有奕巳坐在一邊，看著這對拋下自己開始長篇大論的伯侄兩人，慢慢品著茶水。一開始被紀律檢查委員會的人帶走時，他還有些擔心，想著自己是不是要被開除入學資格了？

可是眼前這位北辰軍校的現任校長，威斯康．阿克蘭，既不和他談正事，也不過問他的私事，而是拿著一塊爛木頭侃侃而談。

有奕巳一陣錯愕後，很快就適應了，也跟著聊起來。

這兩個人，難道是特地將自己帶過來避人耳目嗎？

克利斯蒂接了一通電話，掛斷後道：「校長，事情安排好了。」

「好了？哦，既然這樣，就談正事吧。」威斯康坐直身體，一改之前不正經的模樣。

「兩百八十八號考生，蕭奕巳。」

「是！」有奕巳連忙坐正。

「鑑於你在入學測試中的出色表現，校董事商議後，決定給予你新生優待。你將擁有一間獨立的學生公寓，克利斯蒂等會會幫你安排。至於入學事宜……」他微微一笑，「剛剛已經辦好了。恭喜你，蕭奕巳，成為北辰軍校一〇二〇屆第一名入學的學生。」

「我……」即便鎮定如有奕巳，聽到這一番話也驚呆了，「可是校長，我的紀律調查還沒結束。」

「嗯？調查不是結束了嗎？我和委員長克利斯蒂經過慎重考察，一致認為你並沒有任何違背校紀的行為，你可以放心了。」威斯康笑咪咪地道，「等一下我會讓克利發布全校通知，不會有人再拿測試的事情煩你。」

有奕巳忍不住吐槽，所謂「慎重考察」，就是問一堆關於紅木的問題嗎？

此時，即便是再木訥的人，都發現校長的態度不太對勁。對於一個新生，他的態度未免太好了。

彷彿看出有奕巳的顧慮，威斯康上前親切地拍著他的肩。

「我們北辰沉寂已久，好不容易出了一個像你這樣的人才，當然要細心呵護。你不要有壓力，按照你想做的去做就可以了。」他頓了頓，「把北辰當成自己的家。」

家……嗎？

有奕巳定定地看了他許久後，站起來鄭重行禮，恭敬說道：「謝謝您，威斯康校長。」

「呵呵，不必客氣。」

直到有奕巳離開校長室，威斯康的目光都沒有收回來。

「校長，你在看什麼？」克利斯蒂奇怪地問道。

「我嗎？」威斯康笑呵呵說道，「我在看未來。」接著他又轉頭，「還愣著幹嘛，快追上去啊傻孩子。我特地安排你接近他，就是給你機會，別忘了我跟你說過的話。」

克利斯蒂被他趕了出去，無奈道：「伯父……」

「競爭不到首席騎士，就別回來見我！」

砰！

爛了一邊的木門在克利斯蒂面前關上，他摸了摸鼻子，無奈地轉過身，就看到有奕巳目瞪口呆地站在他身後。

「你們……」

克利斯蒂臉上一紅。

「沒什麼，我帶你去你的宿舍，跟我來。」

「是的，克利斯蒂學長。」

「不用喊學長，那是其他軍校的稱呼，我們北辰只有兄弟姐妹。」克利斯蒂說道，「稱呼我師兄就好。在北辰，一日受教，永為手足。威斯康校長說的沒錯，每一個北辰學子，都可以把這裡當作自己的家。」

有奕巳笑了，笑容中多了幾分真誠。

「好的，克利斯蒂師兄。」

他跟在身材挺拔的克利斯蒂身後踏出中庭。陽光迎面而來，一掃陰霾，有奕巳抬起頭，望著頭頂蔚藍的天空，一時之間，心胸彷彿開闊了許多。

從今天開始，他正式成為北辰軍校的一員了。

儘管異能測試出了意外，北辰軍校的錄取通知依舊在一週後發布。

根據筆試成和異能測試期間表現，這次總共錄取了兩百名新生。出乎所有人意料的，有奕巳不僅沒有被開除，還以兩項測試第一的傲然成績高居榜首。

錄取榜上排行第一的「蕭奕巳」三個字，狠狠地打了許多人一記耳光。而紀律檢查委員會也在之後宣布，蕭奕巳沒有任何違紀行為，事情就此告一段落。

「我就知道你不會出事。」開學前夕，沈彥文蹺著腿，坐在客廳沙發上，「真想看看那些說你閒話的人，現在是什麼表情。」

有奕巳說：「大概和你筆試結束之後，出來看到我的表情一樣吧。」

沈彥文臉色一僵，訕訕道：「我那時又不知道……」

「其實你說的也有道理。」有奕巳先一步說道，「筆試前夕還出去夜遊，的確可能會招來麻煩。如果被有心人利用……」他嘆了口氣，心情顯然不是很好。

沈彥文奇怪地看著他，一向自信的有奕巳突然改變風格，讓他有點不習慣。

而有奕巳摸著扶手，心裡卻蒙上了一層灰暗。

他聯繫不上老頭。

測試結束後，有奕巳做的第一件事，就是將好消息告訴養育自己長大的老人。

然而，無論他怎麼發送訊息，都沒有得到回覆。

幾天之後，他收到了一條無名訊息。

「養恩已盡，無需再見。星軌多變，好自為之。」

從那一天起，老頭就像人間蒸發一樣，有奕巳再也聯絡不上他了。

不僅如此，他發現自己的身分檔案被徹底改動，從姓氏到背景，將「有奕巳」改成了「蕭奕巳」，天衣無縫，完美無缺。而親人的那一欄，寫著「已卒」。

蕭奕巳，孤兒，畢業於紫微星初級教育學院。

養父王江，已卒。

照片上是一張蒼老的臉孔，有奕巳完全不認識照片上的人。不過他知道，老頭肯定沒死，王江也是假名，雖然不知道照片是從哪裡找來的，反正不是老頭的臉。

一套偽裝完美的身分資訊，就是老頭留給他最後的禮物。

直到這時候，有奕巳才發現自己還是太過輕率。他以為自己有了一些本事，便隻身到北辰闖蕩，卻不知有人在幕後辛辛苦苦地替他隱藏著一切，以免他羽翼未豐就被人截殺於半路。

現在想起來，他能在偏僻星球安然生活十五年，肯定也有人替他解決了為數不少的後患。

就像這次，又是改動身分又是隱匿身影，老頭如果只是一個單純的星港看守人，肯定做不到這些事。

那麼，還有誰在背後推動著一切呢？

不知為何，有奕巳腦中閃過了校長威斯康的臉。如果真是這樣，北辰到底有多少人知道了他的身分，是敵還是友？這些人躲在幕後，究竟為了什麼？

「唉……」有奕巳嘆了口氣，不知從何調查起才好。

「你已經嘆十次氣了。」沈彥文說，「我不明白，你都以新生第一的成績入學，還成功進入了檢察官候補系，現在更是被分配到獨棟的學生宿舍，還有什麼好不開心的？」

「他大概是為開學之後的事情苦惱吧。」伊索爾德笑著，從門外走了進來。他身後還跟著一個綁著馬尾、英氣勃勃的少女。

衛瑛看見有奕巳，對他點頭示意。

「新生第一只是一個名號，如果能拿到年級首席，才有真正的權力，可以做更多事。」出生在軍隊內部，衛瑛比眾人瞭解更多內幕。

沈家多年前棄軍從商，在軍隊體系內部的勢力早已大不如前，沈彥文知道的絕對不會比她多。

「首席？」本來還沒什麼精神的有奕巳，聽到這句話後眼睛亮了起來。他有一個特殊的習慣，凡事都要做到最好。

「我知道很多學校都有學生首席，不過那只是虛名。北辰軍校的首席有什麼特權嗎？」他問。

「北辰是軍校，也是最靠近帝國的星系，一旦開戰就是最前線。」衛瑛道，「所以學校一切參照軍隊的制度，強者為尊。如果你能拿到首席，不僅可以調動年級所有學生，還可以享有特殊資源。」

「赤裸裸的特權啊……」有奕巳感嘆道。

「那也是憑實力獲得的。」衛瑛說，「不管你來之前是出自世家還是普通平民，在軍校中，只有實力能代表一切。只要實力能輾壓眾人，便可以獲得這些特權。」

「首席下令，任何人都不能違背？」

「不涉及個人隱私、不違背《星法典》和軍紀校紀，首席的意志等同於軍令。你覺得軍人可以違背命令嗎？」

有奕巳咧嘴一笑，心情好了許多，「這麼霸道，我喜歡！看來首席的位子我非爭奪不可了。那如果我拿到首席，哪怕是王子，都要聽從我的命令？」

在場的人都知道他指的是誰，伊索爾德嘆了口氣，沈彥文甚至翻了個白眼。

衛瑛回答道：「這不太可能。守護學院和星法學院各有一位首席，各自為政。你想要守護學院的人聽命於你，除非他立誓成為你的騎士，奉你為主。」說到這裡，她多看了有奕巳幾眼。

「守護騎士的事，我暫時還沒想那麼多，先把首席的位子搶到再說。」有奕巳擺擺手，「妳再多說一點，首席還有什麼好處……」

一整個下午，幾人就待在有奕巳的宿舍中，開始計畫如何得到星法學院新生首席席位。開學典禮都還沒舉行，就有人虎視眈眈地盯上首席的位子，恐怕還是第一次發生這種事。

有奕巳心裡十分清楚，之前風頭過盛得罪了不少人，如果沒有這個特殊身分作為庇護，以後的日子大概就不太好過了。

只可惜，首席不能管院外的事，不然他真想試試看使喚慕梵是什麼感覺。

一轉眼，就到了報到當天。

兩百名新生齊聚在大禮堂，參加入學前的儀式。這屆星法學院只有不到八十名的新生，而有奕巳所在的檢察官候補系更是只有寥寥二十幾人。

新生按照不同學院、不同科系分別就坐。一眼望去，只看到左邊是一百多個穿著白色制服的少年少女，個個身姿筆挺，眉目英武；右邊三三兩兩坐著幾十個星法學院的新生，穿著繡著金邊或銀邊的黑色制服，顯得秀氣許多。兩院制服都仿造軍服款式，穿在年輕人身上顯得精神奕奕又朝氣蓬勃。

「下面有請新生代表上臺發言。」

臺上的各位長官已經結束演說，主持人按照流程，讓新生代表上臺發言，臺下傳來一片掌聲。

「我還是想不通。」沈彥文跟在他身後碎念，「為什麼是他？」

臺上正站著穿著黑色校服的沃倫．哈默，他的紅髮格外引人注目。只見他侃侃而談，言詞幽默，時不時讓臺下的人忍不住會心一笑。言至深處時，也能沁入人心。不得不說，雖然只是一次新生代表發言，他卻表現得十分優秀。如果競選首席的話，這種表現可以為他積攢不少支持。

然而，有人還是不太滿意。

「就算不選你，也應該選慕梵吧。」沈彥文抗議，「你們是前兩名，而沃倫．哈默連前五都沒有，憑什麼是他？」

「我被紀檢委調查過，雖然沒有被懲罰，也算有了汙點。慕梵根本沒有出席開學典禮，怎麼可能選他？」有奕巳說。

「這麼重要的場合，也只有他敢說不來就不來。說起來，那天之後我就沒再看到他了，是不是傷還沒好啊？」被有奕巳這麼一說，沈彥文的思緒又轉移到別的地方。

那個燈泡王子能有什麼傷？有奕巳冷笑。

鯨鯊身體結實強壯，就算被星艦的粒子炮擊中都不會有事。不過，想起伊索爾德說過的話，有奕巳又覺得，慕梵可能真的出了點問題。

想起小小的鯨鯊，想起慕梵的那對尖耳，又想起他狂躁時的狀態。

有奕巳不自覺地摸著下巴，這位殿下身上可能不只有一點小祕密，知道得越多越不安全，以後千萬要離他遠一點。

可惜事與願違，就在他想著要遠離慕梵時，沒有出席開學典禮的慕梵，已經來到了數萬星里之外。

一路急趕，穿越兩大星系，終於來到這顆偏僻的星球。

這一次，慕梵決定徹底調查清楚有奕巳的背景，甚至已經做好了在這裡遭遇萬星殘餘勢力阻撓的準備。然而，他剛走出星港，就聽到了一聲叫喊。

「十星幣一串嘟，買二送一嘟，限時特價嘟嘟。賣完最後十串，回老家過暑假啦嘟嘟。」

紫微星，就這樣迎來了它出乎意料的客人。

第十四章 乾乾不息（五）

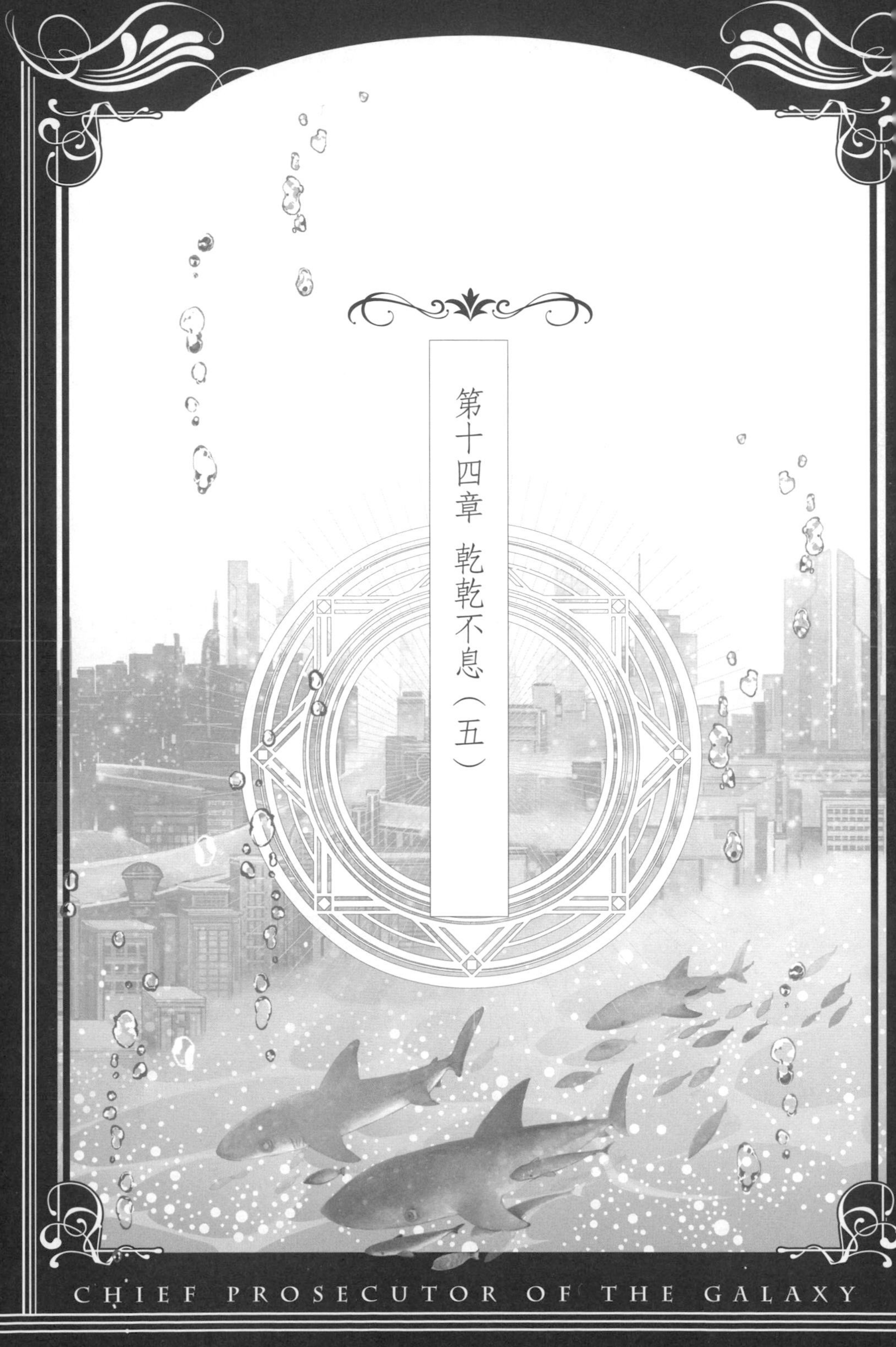

如果有奕巳在這裡，就能認出這聲音是他最愛的星港嘟嘟星人烤魚。

身為一名王子，慕梵向來不缺任何物質，自然看不上這種平民食物。正當他準備轉身離開，肚子卻不聽使喚地叫了起來，鯨鯊腹中的巨大聲響在空曠的星港出口迴響徘徊，猶如雷鳴。為了隱匿蹤跡，王子殿下一路趕來，的確沒有好好吃過一頓飯。

聽見聲音的嘟嘟星人狐疑地轉過頭，與慕梵面面相覷。

幾秒後，慕梵還是向攤位走了過去。

「來五十串烤魚。」

王子殿下的紫微星微服私訪，從買烤魚開始。

於此同時，北辰軍校的開學典禮已然結束。新生們魚貫而出，有序離場。有奕巳剛走出禮堂門口，就被一群人圍住了。

「請問你是蕭奕巳同學嗎？」

「開學典禮結束了，你的感想如何？」

「聽說你雖然是第一名入學，但並沒有被選為新生代表發言，你是否感到不公平？」

「亞特蘭提斯王子殿下呢？他沒有和你一起參加入學儀式嗎？」

北辰軍校的開學典禮，對於北辰主星的居民來說，是僅次於紀念日的大事。每年開學典禮都有電視臺現場轉播，尤其今年是初次公開招考，不僅北辰本地的電視臺來了，中央星系甚至帝國的媒體，全都聚集在北辰主星。

有奕巳作為受人矚目的新生，更是被媒體們密切關注。

平時有奕巳待在宿舍裡，他們幾乎逮不到人。好不容易見到當事人，自然不會放過機會。

一時間，禮堂門口被人群堵塞，數十臺飛行的微型攝影機繞著有奕巳轉，似乎想將他臉上的每一個表情都拍攝清楚。

有奕巳被吵得頭疼，他預想過各種嚴峻的場面，但從來沒有想過自己有一天會被媒體圍堵。沈彥文早就被人群衝散，伊索爾德又不在，有奕巳覺得自己遇到了有史以來最大的危機。

就在此時，一雙大手穿過人群，牢牢抓住了他，將有奕巳從記者的包圍中拉了出來。

「啊，別讓他跑了！」

後面的記者蜂擁而上。

救出有奕巳的人則健步如飛，在大街小巷上飛快穿梭。他似乎非常熟悉這裡的地形，沒過多久就將後面的人全部甩開。

有奕巳跑得氣喘吁吁，只聽見一道熟悉的聲音從頭頂傳來。

「你我才出任務沒過多久，你就搞出這麼大的事情，還從我家搬出去了，有沒有經過我的同意啊！」

有奕巳一驚，隨即抬頭道：「柏大哥！」

身材高挑的柏清拍了拍他的腦袋，用力地揉了揉：「虧你還記得我！」

有奕巳露出一個真心的笑容：「怎麼會忘記！我回來後有去找你，只是伯母說你出去執行任務了……會搬出去是因為學校要求新生住宿，不是我……」

「好了，我會不知道是什麼情況嗎？逗逗你而已。」柏清笑道，「現在除了慕梵，就是你的新聞版面最多。很好！沒有被那個亞特蘭提斯小白臉比下去！」

聽到這句話，有奕巳哭笑不得：「我也不知道會這樣。要不是柏大哥趕來，還不知道要被堵多久呢。」

「你啊。」柏清嘆了口氣，「有實力是好事，但你畢竟還年輕，尚且不能面面俱到，有什麼事記得跟我說，知道嗎？」

柏清又道：「小奕，雖然你從我家搬出去了，但你還是我的兄弟。我雖然沒有什麼能力，但照顧兄弟還是可以的，我們北辰的學生不是懦弱無能之人，從來不會平白無故受委屈。」

有奕巳笑了笑，大概猜到了柏清是聽到自己被檢舉的事，才來安慰自己的。再次見到這個相識不久的兄長，他心裡湧出一股暖意。

「我沒事，要是真的出事了，我一定第一個找你幫忙。」

柏清露出一口白牙，顯然很喜歡他這句話。

「那就好。我本來還在擔心回來盡是聽到些壞消息，幸好你的是好消息。」柏清的眉頭終於鬆開，「小奕，你一定要好好努力，以後不管做什麼，都要替我們爭一口氣。」

有奕巳心下一動，想問究竟是怎麼回事，又覺得大概是軍隊的任務，應該不便開口。猶豫間，他的通訊器響了，是沈彥文問他在哪裡，語氣很著急。

「柏大哥，我的朋友在找我，我要先回去了。」他站起身，不捨地道，「下次有空，我們再好好聊一聊。」

「行了，你快回去吧，我只是過來看看你。」柏清對他擺了擺手。「快走快走，我幫你注意媒體。」

有奕巳點點頭，臨出巷子前，他又鬼使神差地回頭看了一眼。

他看到柏清站在街角，背脊挺直，臉上的情緒複雜，一會微笑，一會又眉頭深鎖。這個可靠穩重的男人，顯然有心事纏身。

柏清對自己關心備至，卻不曾言及一分一毫煩惱的事。

這是一個軍人，一個有抱負有責任的北辰軍人。

也是他的朋友。

在心裡默念了一句，有奕巳最後收回視線，走出小巷。

「你跑去哪裡了？我們都擔心你是不是被人騙走了！」

一回到宿舍，有奕巳就迎來沈彥文的質問。

伊索爾德拉住他：「你別一直問，讓他先喝一口水再說。」

「哼，一轉身就不見人影，你知道現在北辰有多少人盯著你嗎？」沈彥文還是忿忿不平，「尤其是革新派的人，你現在可是他們的眼中釘、肉中刺，如果被逮到機會，他們肯定不會放過你。」

「好啦，我會注意的。」有奕巳舉手投降，「只是沒想到，會有這麼多人圍住我。」

他看見一旁站著的衛瑛，又問：「你們怎麼都在這裡，發生了什麼事？」

此話一出，所有人都沉默下來，尤其是沈彥文，表情十分古怪。

「的確有事，而且還是大事。剛才守護學院有新生遞交申請書，說要申請成為一位星法學院學生的守護騎士。」

「這不是很正常嗎？」看著眾人的表情，有奕巳的心忍不住一跳，「不要告訴我……」

「就是你！他要申請的就是成為你的守護騎士，而且這個人還是沃倫·哈默，這一屆守護學院最有力競爭首席的候選人！」

即便是有奕巳，此時也有些暈頭轉向。

「就是那個紅頭髮、被慕梵打敗的沃倫？」

「什麼紅頭髮的，人家可是哈默家族的小兒子，不到十八歲就覺醒到日階異能的天才！」

「……還不是撐不了慕梵的兩下攻擊嗎？」

「慕梵在大戰結束前就出生，少說有兩百歲了，他能和我們這些十五、六歲的人比嗎？他就是作弊！」沈彥文憤憤說道。

同樣多活了一輩子、頂著十五歲少年軀殼的有奕巳臉不紅心不跳地道：「哦，那的確是作弊。好吧，後來呢？」

「當然是被拒絕了。」

「現在守護學院四年級首席克利斯蒂以沃倫．哈默還未正式入學，沒有獲得守護騎士的資格為理由拒絕了他。」沈彥文道，「不過哈默表示，一旦獲得資格，他會繼續遞交申請。」

「沃倫．哈默是被虐狂嗎……」有奕巳小聲呢喃。

「什麼？」

「不。」他抬起頭微笑，「我只是想不通，他為什麼要這麼做？」

「因為你夠優秀。」一直沉默的衛瑛開口了，「我本來也準備申請成為你的守護騎士，卻被他搶先了。不過，我一定會比他更早獲得騎士資格。在此之前，請你不要答應其他人。」

「什麼其他人？」有奕巳愣住了，難道除了沃倫和衛瑛，還有別人想對他下手，不，想成為他的騎士？

這一次，衛瑛沒有回答，只是深深地看了他一眼後，轉身離開。

看來，被沃倫搶先一步，這位不服輸的女騎士又要回去急起直追了。

「嘖嘖，連衛瑛都看好你，你怎麼這麼搶手啊！」沈彥文羨慕道，「同樣是檢察官候補新生，怎麼就沒有人申請成為我的騎士呢？」

「這未必是件好事。」伊索爾德皺眉，「我不知道沃倫・哈默是怎麼打算的，但是他這個行為只會幫你招來更多麻煩。尤其革新派的人，他們大概會更加敵視你。小奕，以後上課你盡量和沈彥文待在一起。」

作為法官候補系的學生，伊索爾德不能時時刻刻跟在他們身邊，只能讓異能等級還可以的沈彥文照顧有奕巳。

「在異能等級提升之前，盡量減少外出。」

有奕巳無語，感覺自己快變成籠子裡的金絲雀了。這一刻，他真的很羨慕擁有強大實力的人，慕梵大概都不需要擔心這種事。

是的，慕梵要擔心的是別的事。

遙遠星系的另一端，王子殿下看著拉著他手臂的嘟嘟星人，一字一句咬牙切齒地說道：「我付錢了。」

「不，你騙人，這些黑石頭哪是錢嘟，你們不能這樣欺負外星人嘟，嘟嘟嘟嘟嘟！」嘟嘟星人八隻手腳死死地纏著慕梵，眼淚嘩啦啦地流下來，很快浸濕了地面。

出門太急的慕梵根本沒想到，紫微星這個窮鄉僻壤，居然沒有人認識兩國高層通用發行的黑曜石代幣！所以沒帶零錢的王子殿下，就這樣被人投訴吃霸王餐了……

「吃了烤魚，不給錢，我跟你拚了嘟！」

紫微星，位處地理位置偏僻的第七星系，臨近河外星域，是很多河外星人進入兩大星域從事貿易的首要停靠站。

然而，畢竟只是一顆邊境星球，外人大多把這裡當作驛站，很少在此停留。因此，紫微星的警察局也很少處理過涉外案件，尤其是金錢糾紛。向來自給自足的紫微星人，最鄙視吃霸王餐的行為。

「年輕人，手腳健全為什麼不好好工作，要吃霸王餐？」星港的餐廳外，飛車趕來的員警諄諄教導，「嘟嘟星人來這裡做生意也不容易，你怎麼可以隨便占別人的便宜呢？」

「我沒有吃霸王餐。」慕梵忍著頭上的青筋道。

「哦，你是說這些黑石頭？不管你的家鄉是怎麼規定的，這些石頭在紫微星不是通行貨幣。」員警同情地看了他一眼，「第一次出遠門？下次多帶點錢，鄉下的貨幣在外星系是不能使用的。你身上還有沒有別的貨幣，或者值錢的東西？」

價值連城的黑曜石被說成是鄉下貨幣，慕梵簡直哭笑不得。但他不想暴露身分，也不想招惹事端，猶豫半天，慕梵拿出了一顆藍寶石給對方。

「用它抵債。」

「這是……」員警的眼睛亮了，拿起寶石仔細端詳，「成色不錯啊，你早點拿出來嘛年輕人。等一會，我幫你問問老闆。」

最後，嘟嘟星人同意以寶石抵債，並且誠懇地要求將多餘的價值還給慕梵。慕梵拒絕了，他沒有共和國的通用身分資訊，根本存不了這裡的錢幣。

看著嘟嘟星人小心翼翼地捧著藍寶石，慕梵滿頭黑線。

那是從他貼身衣物上摘下的海藍寶石，一般是亞特蘭提斯貴族用來將重要部位保溫清潔之用。看著嘟嘟星人愛不釋手地捧著寶石，慕梵只覺得下半身一陣冰涼，實在是看不下去了，他便轉身離開。

出師不利，剛來到紫微星就差點被當犯人送到警局，還被迫交出貼身小寶石。受此大辱，王子殿下將債都記在有奕巳身上。

等他找到萬星的把柄，定要十倍奉還！

此時，正在北辰主星上呼呼大睡的有奕巳，在夢中連續打了十幾個噴嚏。

為了探查清楚有奕巳的底細，慕梵的第一站，就來到有奕巳畢業的基礎學校。一個人在一顆星球上生活十五年之久，又從當地的初級學校畢業，肯定會留下一套完整的身分資訊。即使被人改動過，教導了有奕巳多年的老師，總不可能不記得學生的姓名。

慕梵的計畫雖好，現實卻不盡他意。

「有奕巳，我們學校沒有過姓有的學生啊。」

「檔案上倒是有一個叫蕭奕巳的，今年夏天剛畢業。」

「是蕭還是姓有，你確定沒看錯？」慕梵問。

教務處的老師懷疑地看著他：「你說你是學生家長，怎麼會連自己的孩子姓什麼都知不知道？你究竟是什麼人？」

慕梵看著他的眼睛，再次使用能力，銀光微微亮起。

「繼續調查蕭奕巳在校的所有資訊，他的老師，還有同學。」

「是……」那位老師眼神迷離，乖乖聽從命令。

得到的結果依舊讓慕梵十分失望。

有奕巳的同屆同學，全都到外星系深造了，一時難以聯繫上。教導過他們的老師，也接連在幾個月內調離了紫微星。剩下的人，根本不會去記住一個普通學生的姓名。

太過巧合了。

慕梵瞇起眼，知道這絕對有人出手干預。雖然他不是不可以繼續追查那些學生的資訊，然而對方將學校的資訊清除得如此乾淨，肯定早有準備。

既然在這裡沒有收穫，慕梵決定先去下一個目的地——有奕巳的老家。

有奕巳住在紫微星的貧民區，那是一間破舊的矮房，屋內設施非常簡陋，連一個家用機器人都沒有。

慕梵進屋時，還差點撞上過於低矮的門框。他扶著門框，手中沾上了一層灰。

屋子似乎有一段時間沒人住了，東西雖然擺放得很整齊，卻依舊難掩破舊寒酸。

慕梵走進房間內，發現連床鋪都是用飛船淘汰下來的破舊材料拼湊而成。比較下來，桌上唯一的一臺二手星腦倒是成了奢侈品。

慕梵目光複雜地打量著這個房間，他突然想起在卯星上，有奕巳曾經半開玩笑地說過，在最困難的時候，連街上的廚餘剩飯都覺得好吃。

現在看來，那未必是個笑話。

可是開什麼玩笑。

堂堂萬星家族的後人，竟然生活在這種連乞丐都不願意居住的地方！

回想起來，從第一次見面開始，有奕巳就一直穿著同一件衣服。衣服雖然乾乾淨淨，卻顯得過於樸素。

不過比起有奕巳家裡僅存的家當，已經算是不錯了。

慕梵深吸一口氣，只覺得胸口一陣窒悶。他無法接受被自己重視的萬星後裔，竟然一直過著這種生活，這讓他覺得十分諷刺可笑。

然而這就是現實，一旦輝煌不再，榮耀的血脈都將埋沒於塵埃中，哪有什麼高貴與低賤之分。

慕梵的臉上露出一絲譏諷，鯨鯊一族如果落到這種處境，未必就會比萬星更好。

不如趁現在，好好看清楚在名利爭奪下的失敗者，究竟過著怎麼樣的生活。

下定決心後，慕梵走出屋外，將力量凝聚於雙眼，注視著整棟房屋。不一會，只見他的瞳孔從黑色漸漸轉為銀白，重瞳隱現。而眼前的破舊房屋，也在慕梵視野中變成了另一個模樣。

時間回溯，這是慕梵的特殊能力。

他可以憑藉這項能力，看見所接觸的事物自誕生以來的一切經歷。這就是為什麼，他要親自來到有奕巳的故鄉。

眼前景物開始變得朦朧而不真實，將人帶回到虛實相交的時光迴廊，無數幻影從迴廊中一閃而逝。須臾，凝固在幾幅畫面上。

暴風雨中，老人抱著襁褓中的嬰兒，頂著凜冽風雨，找到這間破舊的房屋作為寄居之地。

嬰兒一天天成長為孩童，從不能說話到牙牙學語，直到身高超過大人的膝蓋時，便跟在老人身後踉蹌地走路。

孩童會跌倒、會尿床、會惱羞成怒地與老人爭吵，卻很少看到他哭泣。哪怕吃得再簡陋，也從不抱怨。

他似乎生來就知道，只要能活著，便不奢求更多。

然而，對於年紀尚小的孩子來說，即便能忍受飢餓，也難以熬過寒冬。冬日，每當老人外出時，獨自看家的孩子會翻出所有的破爛布料，將自己團團圍住，躲在一堆發黃的棉絮中默默取暖。

慕梵看著他一天天長大，直到可以上學的年紀。

那天，小男孩興高采烈地去初級教育學校報到，卻沮喪著回來，將自己關在房間，整整一天都沒有出門。

慕梵不知道的是，那一天，有奕巳被測出異能等級為零。

十多年來，生活中的成長、失望、辛酸、快樂和磨難，一次次打擊著他，卻沒有吞沒他。短短的幾分鐘，恍如跑馬燈一般，慕梵將有奕巳的成長經歷盡數閱盡。

他聽不見畫面裡的聲音，卻能看到一老一小艱辛的生活。

艱苦，卻不卑賤。

失望，卻不絕望。

慕梵難以想像在這樣的環境裡，有奕巳是怎樣培養出現在這樣樂天又討喜的性格。

到了某一天，少年握著手中的徽章，眼睛閃閃發光。慕梵第一次在他眼中看到了名為希望的神采，他低下頭的時候，捧著徽章就像捧著易碎的珠寶，小心翼翼，不敢用力。

就在那一刻，慕梵明白了。

有奕巳那令人側目的自信，其實是一種自卑，也是一種不甘。

一直生活在最艱苦的環境，一次次的失望卻沒有磨掉他的稜角，而是磨練出更加堅忍剛毅的性格。這樣的有奕巳，只要找到一絲可能，就會牢牢抓住機會爬出泥潭，站上頂天立地的位置。

在看到畫面裡的少年推門而出，仰望星空的那一刻，慕梵甚至不由得移開視線，躲開了那雙凝望過來的黑色眼睛。

即使，這只是幻影。

到了這一刻，慕梵才覺得自己開始瞭解有奕巳這個人。他並非生來強大，甚至一開始就擁有的比別人更少。正因如此，一旦抓住希望，就絕不放手。

這樣的有奕巳，讓慕梵想到了自己，想到剛剛被測出基因有缺陷時的自己。同樣的不甘與掙扎，他們何嘗不是同病相憐。如果他不是……

眼前畫面驟然一變，打斷了慕梵的思緒。有奕巳的身影消失在他眼前，取而代之的，是一位老人。

那位領養有奕巳的老人，便是這棟房屋最後的記憶。在有奕巳離開後不久，老人也離開了，似乎準備遠行，不知要去何方。

慕梵看著老人的背影，莫名覺得眼熟。就在他想看得更仔細時，畫面一暗，幻影消失不見。

時間回溯到此為止，這棟房屋沒有更多記憶了。

「那個人類……」

回想起最後一幕，慕梵覺得自己好像抓住了什麼線索。這個照顧有奕巳的老人，為什麼讓他有股熟悉感？

正在慕梵凝神思考時，他身上的通訊裝置，傳來了呼叫聲。

「殿下，收到請回覆！緊急情況！」

「請立刻回覆我，殿下。」

「北辰這邊……」

聽到北辰兩個字，慕梵接通通訊。

「什麼事？」

通訊器那端傳來祕書官焦急而有些慌亂的聲音，慕梵眉頭皺起，復又鬆開，眼瞳恢復成黑色，閃爍著看見獵物般的光彩。

「不用著急，梅德利。」

他輕聲說道，轉身離開了這間破舊的小屋。

「一切等我回去再說。」

時光回溯的幻影，消失於紫微星的夜風中。那個曾在這裡成長的少年，也早已奔向遠方。

只剩下慕梵的背影漸漸隱沒於黑暗，而在他腦海中揮散不去的，卻是黑髮男孩稚嫩的身影。猶如中毒一般，深深地刻在了他的腦海深處。

直到再也不能磨滅。

絲毫不知道慕梵已經去自己老家逛了一圈，有奕巳還在思索該如何奪取首席之位。

聽衛瑛的解釋，新生首席會在第一學期結束後，按照整個學期的表現和綜合能力測驗評分，也就是說，他有整整半年的準備時間。

該怎麼做呢？是努力爭取當一個名副其實的星際資優生，還是低調一點默默提升實力，先擁有自保能力再說？

可是按照現在的情勢，即使他想低調，大概也由不得他了。在沃倫．哈默提出要成為他的守護騎士後，有奕巳在學校的風頭已經無出其右。

人太過於出色，有時候也是一種煩惱啊。有奕巳四十五度仰望天空，憂傷地嘆了口氣。

他才煩惱了幾天，另一個重大消息就徹底掩蓋了他的風頭。

有人向北辰軍校校董事會提出抗議，要求取消慕梵的入學資格。

一時之間，謠言四起。

就在這紛亂之中，新生們迎來了正式上課的日子。

新的未來，也才剛剛開始。

——《星際首席檢察官01》完

Author.YY的劣跡

高寶書版集團
gobooks.com.tw

BL034

星際首席檢察官01

作　　者　YY的劣跡
繪　　者　あさ
編　　輯　林思好
校　　對　任芸慧
美術編輯　彭裕芳
排　　版　彭立瑋

發 行 人　朱凱蕾
出　　版　英屬維京群島商高寶國際有限公司臺灣分公司
　　　　　Global Group Holdings, Ltd.
地　　址　臺北市內湖區洲子街88號3樓
網　　址　www.gobooks.com.tw
電　　話　(02) 27992788
電　　郵　readers@gobooks.com.tw（讀者服務部）
　　　　　pr@gobooks.com.tw（公關諮詢部）
傳　　真　出版部　(02) 27990909　行銷部 (02) 27993088
郵政劃撥　50404557
戶　　名　三日月書版股份有限公司
發　　行　三日月書版股份有限公司/Printed in Taiwan
初版日期　2020年2月
二刷日期　2021年3月

國家圖書館出版品預行編目(CIP)資料

星際首席檢察官 / YY的劣跡著.-- 初版. -- 臺北市：高寶國際, 2020.02-
冊；　公分. --

ISBN 978-986-361-790-7(第1冊：平裝)

857.7　　108022239

三日月書版

三日月書版

GOBOOKS
& SITAK
GROUP©

GOBOOKS
& SITAK
GROUP©